밤의 학교

밤의 학교

허남훈 지음

북레시피

잠은 한낱 검은 고래 떼처럼 설레어

달랠 아무런 재주도 없다.

- 윤동주, 「비오는 밤」 中

차례

세계가 시작되었을 단 하나의 문장은

실체 엽서를 모으기 시작한 것은 고2가 막 시작되었을 무렵이다. 점심시간에 낮잠을 자려고 책상 위를 세팅하는데 기웅이가 엽서 한 장을 내밀었다.

"맞춰봐."

색이 누렇게 바래고 잉크가 번진 낡은 엽서였다. 한눈에 봐도 몇십 년은 된 듯했다.

"이게 무슨 말일까?"

엽서 뒷면에는 달랑 이렇게만 적혀 있었다.

'쉽게 씌어진 시'

"주운 거냐?"

"무슨 무식한 소릴! 무려 천 원이나 주고 산 거다."

나는 피식 웃음이 나오는 걸 참으며 엽서를 자세히 들여다봤다. 반쯤 지워진 소인'에는 '1978년'이라고 적혀 있었다.

"옛날에는 이렇게 엽서에다 사연이나 퀴즈의 정답을 적어서 보냈대. 낭만적이지 않냐? 그런데 이게 무슨 문제의 답인지 모르겠단 말이야."

기웅이가 듬성듬성 수염이 돋아난 턱을 만지며 말했다.

"그러네. 시를 쉽게 썼다고? 아니, 시가 저절로 쉽게 쓰였다고? 이게 무슨 말이지?"

기웅이가 혀를 동그랗게 말아 요플레를 떠먹기 시작했다. 웬만하면 숟가락을 사용하라고 몇 번 얘기해봤지만 혀로 떠먹어야 제맛이라며 들은 체도 하지 않았다.

"어디로 보낸 엽서인데?"

"아, 맞다. 그걸 알면 도움이 될지도 몰라."

우리는 엽서를 뒤집어 받는 사람의 주소를 확인했다.

'서울시 서대문구 남가좌동 월간《우리 역사》담당자 앞.'

"앗, 문학 퀴즈가 아니라 역사 퀴즈였어."

실체 엽서는 누군가 이미 사용한 엽서를 말한다. 그리운 이에게 메시지를 적어 우체통에 넣은 엽서들. 그 엽서들이 사연을 품고 오랜 세월 누군가의 서랍, 편지함, 혹은 일기장 속에 잠들어 있다가 다시 세상에 나온 것이다. 보낸 사람도 받은 사람도 아닌 누군가의 손에서 또 다른 누군가의 손으로.

---

1 우편물의 우표에 찍은 도장. 접수 날짜 등이 새겨져 있다.

실체 엽서를 모으는 것은 소인이 찍힌 우표를 모으는 것과 비슷하지만 엽서는 내밀한 이야기를 품고 있다는 점에서 특별했다. 그리고 종류도 다양해서 퀴즈를 좋아하는 기웅이는 주로 퀴즈의 정답이 적힌 응모엽서를 모았다. 실체 엽서 중에 가격이 가장 저렴한 것들이었다. 우리는 심심할 때면 정답만 적혀 있는 엽서들을 모아놓고 그 답의 문제를 맞히는 게임을 했다. 우리 중에 누구도 진짜 문제가 뭐였는지는 확인할 수 없으니 애당초 승패를 가를 수 있는 게임은 아니었다. 하지만 이미 정해진 답 앞에서 문제를 가지고 골머리를 썩이는 건 우리가 늘 해오던 일이니까. 정답은 '명문대' 하나뿐이었다. 그건 선생님도 우리도 모두가 알고 있었다. 단지 문제가 문제였을 뿐.

　내가 주로 모은 것은 사연이 적힌 엽서들이었다. 외국 엽서는 필기체로 적혀 있는 게 많고, 우리나라 엽서는 한자가 섞여 있는 게 많아서 읽기 어려웠다. 그런데도 나는 그 엽서들이 좋았다. 난해한 무늬처럼 보이는 사연들, 빛바랜 잉크의 감촉과 냄새, 해석할 수 없는 문장들은 온전히 여백으로 남았다. 하지만 그 여백은 여기와는 다른 세계를 상상하게 했다. 지금의 나처럼 언젠가 어디엔가 분명히 존재했던, 그러나 이제는 닿을 수 없는 시공간 속의 사람들. 그들이 볼펜으로 꾹꾹 눌러쓴 글자들을 가만히 들여다보고 있으면, 시간의 골짜기 어딘가에 숨어 있던 사연들이 금방이라도 내 앞에 펼쳐질 것만 같았다. 잊을 수 없는 한 통의 엽서를 만난 것은 그즈음이었다. 보낸 사람과 받는 사람의 이름이 모두 지워진, 흐릿하게 남은 사연만을 간신히 알아볼 수 있는 엽서였다.

'중국 쿤밍[昆明]에 잘 도착했습니다. 오늘 윈난성[云南省]의 지도자를 찾아가 힘들게 추천서를 받았습니다. 내일 항공학교로 갑니다. 선생님, 저는 조선총독부에 폭탄을 퍼붓는 그날까지 포기하지 않을 것입니다.'

그날 내게 도착한 것은 한 장의 엽서였고
내가 마주한 것은 달이 상복喪服²을 입고 떠오르던 밤,
두려움을 잊은 얼굴, 얼굴들이었다.

---

2 유가족이 장례식장에서 입는 옷. 주로 삼베로 만들어 노란색을 띤다.

1부

달리는 밤의 학교

1

  그 일이 일어난 것은 체육 시간이 거의 끝나갈 무렵이다. 나는 땀을 식히며 농구 코트 바닥에 널브러져 있었는데 멀리서 한 무리의 아이들이 내 쪽으로 달려오는 게 보였다. 누군가 축구공을 상대 진영으로 걷어낸다는 것이 빗맞은 모양이다. 공은 농구 코트와 맞닿은 운동장 가장자리를 향해 빠른 속도로 굴러왔다. 아이들 또한 전력 질주를 하고 있었다. 그 뒤로 뿌옇게 흙먼지가 일었고, 뭉게뭉게 피어나는 먼지구름 너머로 기웅이가 뒤늦게 달려오는 게 보였다. 바로 그때였다. 뒤엉킨 아이들 속에서 누군가 힘껏 공을 차는 순간, 내 눈에서 번쩍하고 불꽃이 튄 것은.

  "왜 그래? 괜찮아?"

  고꾸라진 나를 일으키며 기웅이가 물었다. 다른 아이들은 벌써 골대 앞으로 몰려가 있었다. 나는 눈을 찡그리며 안경을 벗었다. 왼쪽 안경알이 흔적도 없이 사라져버렸다.

"보였어."

"뭐가?"

"안경알이 깨지는 거."

웅크린 내 무릎 앞에는 공깃돌만 한 돌멩이가 떨어져 있었다. 기웅이는 어리둥절한 표정으로 나와 돌멩이를 번갈아 내려다봤다. 어릴 때 피구를 하다 공에 맞아 안경테가 부러진 적은 있지만, 그때는 날아오는 공을 보고 눈을 질끈 감아 다치지 않았다. 하지만 오늘은 전혀 예상치 못한 순간 예상치 못한 방향에서 돌멩이가 날아왔다. 눈을 감을 새도 없이 안경이 깨져버렸고, 그래서인지 왼쪽 눈에 유리 파편이 들어간 것 같았다.

"빨리 가서 방금 공을 찬 게 누군지 좀 알아봐줘."

나는 축구 골대 방향을 가리키며 기웅이에게 말했다.

"그, 그래."

기웅이가 허둥지둥 골대 쪽으로 뛰어갔다. 누군가 골을 넣었는지 아이들의 환호성이 들렸다. 나는 눈을 찡그린 채 수돗가로 향했다. 흐르는 물에 조심스레 눈가를 씻으며 방금 전의 상황을 되짚으려 애썼다. 공을 따라 네댓 명의 아이들이 몰려온다. 공격하려는 아이들과 수비하려는 아이들. 그때 나는 아이들을 본 게 아니라 단지 그 방향을 보고 있었을 뿐이기 때문에 누가 누군지 구별하기 어려웠다. 다만 한 가지 확실한 것은 누군가 공을 차는 순간 돌멩이가 날아왔다는 것. 공을 차면서 바닥의 돌멩이를 함께 찼을 가능성이 컸다.

"다들 자기가 찬 게 아니래."

쉬는 시간 종소리와 함께 수돗가로 달려온 기웅이가 숨을 헐떡이며 말했다.

"그게 무슨 소리야?"

"내가 애들한테 다 물어봤거든. 그런데 아까 사이드라인에서 공을 걷어낸 게 다들 자기가 아니래."

"그래? 그럼 귀신이라도 와서 함께 축구를 했다는 거야?"

"에이 설마… 그런데 다들 뭔가에 홀린 것처럼 넋이 나간 표정이긴 했어."

우리는 말문이 막혀 서로의 얼굴을 쳐다봤다.

"눈은 좀 괜찮아?"

나는 왼쪽 눈을 깜박여보았다. 다행히 따끔거리던 게 사라졌다.

"응, 괜찮은 거 같아. 그래도 혹시 모르니까 보건실 들렀다 갈게."

보건실은 1층, 2학년 교실은 2층이다. 현관 앞에서 실내화로 갈아 신는데 뭔가 꺼림직한 표정의 기웅이가 턱을 매만지며 말했다.

"근데 진짜 이상한 게 뭔 줄 알아?"

나는 눈을 찡그리며 기웅이를 쳐다봤다. 녀석의 얼굴이 제법 심각해져 있었다.

"골을 넣은 사람도 없다는 거야."

이 녀석이 대체 무슨 말을 하는 거지? 긴히 할 말이 있는 듯 입술을 오물거리던 녀석은 시작종이 울리자 허둥지둥 계단을 뛰어 올라가버렸다. 도대체 뭐가 어떻게 된 거야. 나는 멍하니 서서 주위를 둘러봤다. 수업이 시작된 복도에는 먼지처럼 뽀얗게 침묵만이 내려앉고 있었다.

시간이 멈춘 듯 인기척도 없는 현관에서 문득 누군가 나를 훔쳐보는 듯한 시선이 느껴졌다. 누가 있어. 나는 눈을 찡그리며 재빨리 주위를 둘러봤다. 하지만 조금의 수상한 낌새도 찾을 수 없었다. 아니, 있다 해도 지금 내 눈으로 그것을 발견하기란 무리였다. 얼른 보건실에 들렀다가 안경점에 다녀와야 하는데. 그러고 보니 괘종시계가 멈춰 있다. 10년 전에 '개교 90주년 기념'으로 동문회에서 기증했다는 시계. 자랑스럽게 현관 앞에 세워두고는 정작 아무도 관리를 안 하는 건가. 괘종시계 양옆으로 놓인 각종 트로피도 방치되어 있긴 마찬가지였다. 나는 괜히 트로피 보관함의 윗면을 손가락으로 살짝 쓸어봤다. 자잘한 먼지들이 손끝에 묻었다가 이내 공중으로 흩어졌다. 손끝에 남아 있는 먼지들을 털어내는데 기분이 묘했다. 마치 터널 속에 들어와 있는 것처럼 현관 앞 복도가 길게 뻗어나가는가 싶더니 양쪽 벽의 폭이 서서히 넓어지는 느낌. 안경을 벗고 다닌 게 하도 오랜만이라서 그런가. 잠시 눈을 감았다가 떠보니 오후의 붉은빛이 벽에 걸린 사진 위에 고여 있었다. 평소 무심코 지나치던 사진인데 오늘따라 범상치 않게 느껴지는 것은 왜일까. 나는 빛을 등지고 서서 처음으로 그 사진을 자세히 들여다봤다.

잿빛 건물 앞에 경직된 자세로 서 있는 스무 명의 학생들. 하나같이 짧은 머리에 검은 두루마기를 입고 있다. 일제강점기에 찍은 졸업사진. 워낙 오래된 사진이라 학생들의 표정은 잘 보이지 않는다. 그런데 희한하게도 한 사람만은 또렷했다. 맨 앞줄의 가운데 앉아 있는 사내. 창백한 피부와 날카로운 턱선, 검은 모자 아래 박쥐처럼 숨은 두 눈이 어딘가 모르게 불길한 인상을 풍겼다. 헌병처럼 제복을 입고 학생들을 가르쳤다는 일본인 교사. 그가 기세등등하게 한 손에 쥔 채로 바닥에 내리꽂은 칼이 날 선 빛을 토해내고 있었다.

누가 있어. 나는 재빨리 현관 밖으로 뛰어나갔다. 등 뒤에서 인기척이 느껴졌기 때문이다. 하지만 착각이었던 걸까. 수업이 시작된 학교의 운동장은 고요하기만 했다. 다시 현관 안으로 들어가려는데 역시 뭔가 찜찜한 기분이 들었다. 나는 손차양을 하고 운동장 구석구석을 살폈다. 그제야 나처럼 아직 수업에 들어가지 않은 누군가를 발견할 수 있었다. 안경이 없어서 정확히 알아볼 수는 없었지만 축구 골대에 거꾸로 매달려 있는 것은 분명 사람의 실루엣이었다. 그런데 철봉도 아니고 골대라니. 뭉개진 시야 속에서 미동도 없이 거꾸로 매달린 그 자세가 어딘가 기이하게 느껴졌다.

2

"너는 지금 기억의 방 안에 앉아 있어. 이 문을 열면 체육 시간이 끝나기 5분 전으로 돌아갈 거야. 문이 보여?"

눈앞은 온통 어둠뿐이다. 그 어디에도 문 같은 건 보이지 않는다. 시간을 통과하는 문을 찾으라니. 나는 이미 그 안에 들어와 있다.

"어때? 뭔가 보여?"

눈이 어둠에 익숙해질 때까지 나는 잠시 멈춰 서서 귀를 기울여보기로 한다. 똑… 딱… 똑… 딱… 어디선가 둔중한 시계추 소리가 들려온다. 똑… 딱… 똑… 딱… 그리고 어느 순간 시계추 소리는 발소리로 바뀌었다. 내 쪽으로 달려오는 여러 사람의 발소리. 나는 눈을 뜨고 정면을 응시한다. 비로소 주변이 환해지면서 내 쪽으로 달려오는 아이들이 보인다.

나른한 오후의 체육 시간. 농구공에 허리를 기댄 몸이 조금씩 뒤로 기울어진다. 시선은 내 쪽으로 달려오는 아이들을 향하고 있지만 사실은 그 너머를 보고 있다.

"기웅이가 보여. 내 쪽으로 달려오고 있어. 왼쪽 운동화 끈이 풀린 채로."

그제야 끈이 풀린 걸 알아챈 기웅이가 끈을 묶기 위해 쪼그려 앉는다. 동시에 나의 시선에서 사라진다.

"그래, 기웅이가 있고, 그 앞에 혹시 또 누구 보이는 사람 없어?"

"있어. 애들이, 애들이 내 쪽으로 몰려오고 있어."

"좋아, 그 애들 중 제일 앞에서 뛰고 있는 게 누구야?"

나는 앞서 뛰는 아이에게 시선을 고정하려 애쓴다. 그런데 잘 되질 않는다. 그 아이의 얼굴은 다른 얼굴들과 겹쳐졌다가 잔상을 남기며 자꾸 흩어진다.

"모르겠어. 처음 보는 얼굴이야."

"다시 천천히 봐. 이름을 모르겠으면 어떻게 생겼는지 말해봐."

"체육복을 입었고, 키가 좀 작은 거 같아. 안경을 썼어. 동그란. 그런데 빨라. 굉장히 빨라. 아, 모르겠어. 눈이 아파. 내 안경이 깨졌어."

나는 몸을 웅크린다. 안경이 깨지는 순간 무언가 내 눈과 머릿속까지 꿰뚫고 지나가버린 것만 같다.

"서두르지 마. 너는 지금 굉장히 편한 상태야. 천천히 다시 한번 봐."

안경을 벗고 눈을 찡그린 채로 앞을 본다. 뿌연 형체들이 보인다. 마치 물속에서 눈을 뜬 것처럼 윤곽선이 뭉개진 무언가가.

"내 쪽으로 오고 있어."

"그래? 누가?"

눈을 찡그리고 자세히 보려 해도 형체는 여전히 흐릿하기만 하다. 오히려 소리가 더 또렷하다. 발소리가 다시 가까워지고 있다. 하나, 둘, 셋, 넷… 다섯. 아까 골대 쪽으로 달려갔던 아이들이 돌아오고 있다. 그런데 이번엔 무언가에 쫓기는 듯 다급해 보인다.

"누구? 누구라고? 다시 말해봐."

또다시 시계추 소리가 들린다. 그런데 시계추의 속도가 너무 빠르다. 내 숨도 덩달아 가빠지고 있다. 여기서 나가야 해. 그런데 나는 나가는 방법을 모른다. 그때 또 다른 목소리가 불쑥 끼어들었다.

"다시 한번 자세히 봐. 우리 반에 그런 애는 없어!"

이건 약속된 목소리가 아니다. 문 너머의 세계가 무너지고 있다. 아이들이 사방으로 흩어지고 여기저기에서 비명이 들린다. 이제 보니 아이들의 체육복이 피로 붉게 물들어 있다.

"그만 나가야겠어. 나를 꺼내줘. 뭔가 좀 이상해."

쥐어짜듯 겨우 목소리가 나왔다. 그때 누군가 내 귓가에 알 수 없는 말들을 속삭이기 시작했다. 쥬고엔 고짓센, 쥬고엔 고짓센. 일본어다. 불길한 주술을 외는 듯한 기묘한 어조. 귓속에 바람을 불어넣는 듯한 불쾌한 속삭임.

'쥬고엔 고짓센… 이게 대체 무슨 말이지?'

나도 모르게 신음이 새어 나왔다. 이제껏 느껴본 적 없는 공포감이다.

"자. 내가 다섯을 세면 너는 깨어날 거야."

멀리서 은서의 목소리가 희미하게 들렸다.

이제야 보인다. 나는 비행장의 거대한 창고 같은 곳에 서 있다.

"하나!"

내 손에 기다란 칼이 쥐어져 있다. 그 칼로 비행기를 고정하고 있는 로프를 내리친다.

"둘!"

비행사가 나를 향해 소리친다. 무슨 말인지 알아들을 수가 없다. 그리고 저 뒤에서 험상궂은 표정의 누군가가 나를 향해 달려오고 있다.

"셋!"

나는 비행기를 향해 칼을 집어 던진다. 이것은 누구를 향한 적의일까.

"넷!"

이륙하는 비행기를 따라 뛰기 시작한다. 차갑고 부드러운
눈송이가 얼굴을 적시며 흘러내린다.

"다섯!"

나는 기다란 소파 위에서 가까스로 가쁜 숨을 토해냈다.
은서와 기웅이가 걱정과 호기심이 가득한 얼굴로 나를 내려
다보고 있었다.

"그것 좀 꺼줄래?"

내가 턱짓으로 기웅이가 들고 있던 메트로놈을 가리키자
녀석은 그제야 생각이 났다는 듯 황급히 추를 멈춰 세웠다.
나의 무사 귀환을 확인한 은서가 기웅이의 등짝을 사정없이
내리쳤다.

"너 때문에 망쳤잖아. 왜 갑자기 끼어들고 그래!"

기웅이가 엄살을 부리며 연극부 동아리방 바닥을 데굴데
굴 굴렀다.

"미안 미안, 덩달아 몰입이 돼서 나도 모르게 그만."

나는 심호흡을 하고 소파에 누운 채로 다시 눈을 감았다.
최면이 아니라 악몽을 꾼 기분. 처음에는 최면에 성공하는
듯했는데 중간에 그만 길을 잃고 말았다. 나의 기억이 누군

가의 기억과 뒤섞인 느낌이다.

"어때? 처음치곤 괜찮았지?"

은서가 가늘고 긴 눈썹을 들썩이며 의기양양하게 물었다.

"그, 그러게. 이게 진짜 되네."

은서의 꿈은 프로파일러다. 그래서 경찰대학에 진학하기 위해 수능과 필기시험 준비는 물론, 체력검사에 대비해 저녁마다 운동장을 뛰고 있다. 그런데 오늘 기웅이에게 내 얘기를 전해 듣고는 운동장 대신 동아리방으로 달려온 것이다. 평소 의협심이 넘치는 은서는 나보다 더 안경을 깬 범인을 잡고 싶어 했다. 그래서 법최면을 시도해보자고 했을 때 나는 적잖이 당황했다. 그것은 범죄라기보다는 우연히 일어난 사고일 뿐이고, 무엇보다 은서는 아직 진짜 프로파일러가 아니니까. 괜히 최면에 잘못 걸렸다가 영원히 못 깨어나면 어쩌나 싶었다. 하지만 유튜브에서 배운 최면술을 이 기회에 실습해보고 싶어 하는 은서의 초롱초롱한 눈망울을 보고 차마 거절할 수가 없었다.

"자, 어때? 네가 본 용의자랑 비슷해?"

한참을 정신 못 차리고 있는 내 앞에 은서가 종이 한 장을 내밀었다.

"이게 뭐야?"

"몽타주. 네가 최면상태에서 말한 것을 토대로 그려봤어."

종이 위에는 어디선가 본 것도 같고 아닌 것도 같은 애매한 얼굴이 그려져 있었다. 작은 두상과 6대 4 정도의 가르마. 동그란 안경. 날카로운 눈매와 낮은 콧대, 결의에 찬 듯 앙다문 입술.

"나는 별말 안 한 거 같은데 어떻게 몽타주를 그렸어?"

"무슨 소리야. 네가 얼마나 많이 떠들었는데. 이야기에 일관성이 좀 없다는 게 흠이었지만."

"그래? 내가 최면상태로 몇 분이나 있었지?"

"깨어나는 데까지 한 25분 정도."

"신기하네. 난 길어야 5분이라고 생각했는데."

내가 기억하는 것이 전부가 아닌 모양이다. 그렇다면 내가 정말 용의자의 얼굴을 본 것일까. 나는 몽타주를 자세히 들여다봤다. 어딘가 묘한 구석이 있는 얼굴이다. 은서는 용의자라고 했지만 적대감보다는 어쩐지 친근감이 드는 얼굴. 내가 고개를 갸우뚱하자 되레 옆에서 지켜보던 기웅이가 무릎을 쳤다.

"나, 이 사람 본 적 있는데."

"어디서?"

나와 은서가 동시에 말했다. 우리의 반응에 놀란 듯 기웅이가 잠시 멈칫하더니 머리를 긁적였다.

"그게… 그러니까 우리 동네 PC방 알바…는 아닌 거 같고,

편의점인가… 아닌가… 아, 어디서 봤더라. 분명히 낮이 익은데, 학교 매점이던가… 아니, 책에서 본 것도 같고… 흠, 매점에서 본 책인가… 와, 진짜 비슷한데 어디서 봤는지 생각이 안 나네."

우리 학교 학생이라면 우리가 얼굴을 보고도 모를 리 없지. 나는 그제야 체육 시간에 돌멩이와 함께 주운 천 조각 생각이 났다.

"애들아, 이거 좀 볼래?"

초록색 천 위에 흰색 실로 松竹(송죽)이라 새긴 천 조각이었다.

"소나무 송에 대나무 죽. 이게 뭐지?"

은서가 고개를 갸웃거리며 물었다.

"송죽? 이름 같은데? 딱 봐도 명찰이잖아. 역시 우리 학교가 아니었어."

은서로부터 천 조각을 건네받은 기웅이가 괜히 형광등 불빛에 비춰보며 말했다.

"그런데 요새 어떤 학교가 명찰을 한자로 쓰지?"

기웅이와 나는 어릴 때부터 한동네에서 자란 사이다. 같은 초등학교와 중학교를 나왔고, 고등학교까지 같은 학교를 배정받아 우리도 놀랐다. 하지만 대학까지 함께 갈 일은 없을

듯하다. 나는 어떤 전공을 선택해야 할지 갈팡질팡하고 있다. 적성으로 보자면 국문학과에 진학하는 게 가장 좋겠지만 아직 미래에 대한 확신이나 구체적인 계획은 없다. 반면 기웅이는 목표가 확실했다. 전투기 조종사. 그래서 녀석은 가끔 은서를 따라 운동장을 달린다. 은서에게 한참 뒤처져 달리는 녀석을 보면 공군사관학교 체력검정이 그리 녹록지 않을 텐데 걱정이 되면서도 한편으론 부러웠다.

은서는 중학교에서 만난 친구다. 문무文武를 겸비한 데다 성격도 좋아 친구들에게 인기가 많았지만, 정작 본인은 연애나 외모, 주변의 시선 같은 것들에 그다지 관심 없어 보였다. 우리 셋은 중학교 1학년 때 같은 반이었고 3년 내내 역사 탐방 동아리를 함께 해서 자주 몰려다녔다. 하지만 고등학교에 와서는 함께 다니는 시간이 많이 줄었다. 아무래도 중학교 때보다는 공부하느라 바쁘고, 이제는 서로 다른 동아리 활동을 하고 있기 때문이다. 나는 문예부, 기웅이는 연극부, 은서는 풍물패다. 게다가 올해는 셋 다 각 동아리의 부장을 맡아서 눈코 뜰 새 없이 바쁜 나날을 보내고 있다.

나는 자율학습 시간에 다시 한번 몽타주를 들여다봤다. 최면상태는 의식과 무의식의 경계 어디쯤이라고 하던데 그 미지의 복도에서 마주친 사람의 얼굴이라니. 들여다보면 볼수록 묘한 감정이 들었다. 내가 묘사하고 은서가 그린 얼굴. 최면의 세계에서 우리가 불러낸, 아니 어쩌면 우리를 이용해 세상 밖으로 고개를 내민 누군가의 얼굴이 거기 있었다.

나는 고개를 들어 창밖을 봤다. 학교 담장 너머에는 운동장만 한 저수지가 있다. 조성된 지 100년도 넘었다는 저수지인데, 이 저수지에는 예전부터 내려오는 이야기가 있다. 나라에 불행한 일이 생길 때마다 저수지에서 울음소리가 들린다는 것. 저수지에 영험한 기운이 있어서인지 그 아래쪽에 있는 서낭당에서 굿을 하는 사람들을 본 적이 있다. 그래서 주변에 농사짓는 땅이 다 사라져도 저수지를 그대로 두는 게 아닌가 싶다. 나는 공부를 하다가 머리가 아프거나 잠시 숨을 돌리고 싶을 때면 저수지를 내려다본다. 어딘가 스산하면서도 적막한 그 안에 100년 동안의 눈물이 고여 있다고 생각하면 마음이 차분히 가라앉곤 했다. 하지만 오늘은 낮게 깔린 안개 탓에 저수지가 잘 보이지 않았다. 안개를 뚫고 올라온 버드나무 잎새만이 바람에 어지러이 흔들리고 있을 뿐.

학교가 시 외곽에 있다 보니 학교 앞 버스 정류장이 종점이다. 자율학습을 끝내고 빨리 뛰어 내려가면 집까지 앉아서 갈 수 있다. 물론 조금만 늦으면 콩나물시루 같은 버스에 시

달리며 가야 하고. 그래서 자율학습 종이 울리는 것과 동시에 학교에선 경주가 펼쳐진다. 기웅이는 중학교 때 매점 뚫던 실력으로 어떻게든 자리를 차지하곤 하지만, 복작거리는 걸 싫어하는 나는 아예 천천히 출발하는 편이다. 자율학습이 끝나고 교실에서 한 시간 정도 더 공부하면 한산한 막차를 타고 갈 수 있으니까.

나는 막차의 맨 뒷자리에 앉아 음악을 듣거나 시를 끄적이며 집에 가는 걸 좋아한다. 우리 집은 학교와 꽤 떨어져 있어 통학 시간이 제법 걸린다. 이 시간을 잘 활용해 인강도 보고 영어 단어도 외워야 하는 게 아닌가 하는 생각은 늘 하지만 내겐 그보다 더 중요한 일이 있다. 문예 공모전의 원고 마감이 코앞이었다. 나는 어두운 차창 밖을 내다보며 시를 몇 자 끄적였다.

3

날이 바뀌어도 기분이 묘한 건 여전했다. 현관을 지날 때마다 사진 속에서 유난히 눈에 띄었던 칼, 누군가 나를 지켜보는 듯한 시선, 수업 시간엔 졸다가 어디선가 들려온 울음소리에 깜짝 놀라기도 했다. 나는 본능적으로 창밖을 살폈지만 저수지는 고요하게 물비늘만 반짝이고 있었다. 교실 안도 마찬가지였다. 다들 평상시와 다름없이 진지한 얼굴로 딴짓을 하고 있었다. 앞자리의 병수는 물풀로 거미줄을 만들고 있었고, 그 옆의 환길이는 언뜻 보면 바른 자세로 앉아 있는 것 같지만 수업 시간 내내 '선생님 노려보기' 게임을 하는 게 틀림없었다. 청소 도구함 앞에 앉은 은서는 노트에 뭔가를 그리고 있었다. 열심히 공부하는 건 교탁 앞에 앉은 기웅이뿐이었다. 그런데 기웅이 책상 밑에 못 보던 물건이 눈에 띄었다. 커다란 땅콩처럼 생긴 저것은 베개일까?

"침낭이야."

쉬는 시간 내 자리로 온 기웅이가 말했다.

"어디 캠핑이라도 가게?"

"아니. 아무 데도 안 가게."

"뭔 소리야?"

"나 오늘부터 교실에서 잘 거야."

"가출했냐?"

"이 나이에 가출은 무슨. 그게 아니라 통학 시간을 없애려고. 아무리 생각해도 길에 뿌리는 시간이 너무 아까워. 교실에서 공부하다가 바로 자고 아침에 일어나서 또 공부할 거야. 그러면 지각할 염려도 없고, 만원 버스에 시달릴 필요도 없는 데다가 아침 시간이 얼마나 여유롭겠냐."

"시간은 확실히 절약되겠다. 그런데 학교에서 자도 되나?"

"그렇지 않아도 내가 며칠 눈여겨봤거든. 자율학습 끝나면 선생님들도 바로 다 퇴근하셔."

우리 학교는 지대가 높아서 정문을 통과하면 바로 오르막이다. 경사가 급한 편이라 숨을 헐떡이며 오십 미터 정도 올라가면 좌측으로 운동장이 나오고, 거기서 또 그만큼 올라가야 학생회관과 본관이 나온다. 경비실 겸 당직실은 정문 바로 옆에 있으니 밤 열 시가 넘으면 사실상 학교에 아무도 없는 거나 마찬가지다.

"밤 열두 시에 경비 아저씨가 순찰을 돈다는 얘기가 있기는 해. 그런데 그거야 뭐 우리가 조심하면 되지. 어때? 괜찮지 않아?"

"듣고 보니 그럴듯하긴 하다만, 우리 학교 터가 원래 공동묘지였던 건 알고 있지?"

기웅이는 그 말이 나올 줄 알았다는 듯 낄낄거리더니 주머니에서 뭔가를 꺼내 책상 위에 올려놓았다. 손바닥만 한 나무 십자가였다.

"역시 준비성이 철저하시구먼."

"그래서 말인데, 너도 같이 자자."

"나도?"

"그래. 어차피 너희 집도 멀잖아. 1학기 기말고사도 얼마 안 남았고."

생각해보니 그것도 나쁘지 않을 것 같았다. 나야 뭐 통학 시간을 무의미하게 보내는 건 아니지만 학교에서 밤을 보낸다는 게 어떤 기분일지 궁금하긴 했다.

"근데 나는 뭘 덮고 자냐?"

아무리 봐도 저 땅콩이 2인용으로 보이지는 않았다. 기웅이는 짐짓 딴청을 피우더니 갑자기 내 어깨를 툭 치며 은서 자리로 갔다. 은서의 책상 위에 스프링 노트에서 뜯어낸 종이들이 잔뜩 펼쳐져 있었다.

"이게 다 뭐야?"

팔짱을 낀 채 생각에 잠겨 있던 은서가 우리를 보곤 어깨를 으쓱했다. 종이를 들여다보던 기웅이가 나지막이 탄성을 질렀다. 거기엔 다양하게 헤어스타일을 바꿔가며 그린 여러 버전의 몽타주가 놓여 있었다.

침낭이 하나뿐인 문제는 자연스럽게 해결됐다. 자율학습이 끝나자마자 잠깐 나갔다 온다던 기웅이가 자정이 다 되도록 돌아오지 않은 것이다. 근처의 대학교에 다니는 형에게 메시지를 받고 나갔는데 무슨 일인지 도통 연락이 없었다. 곧 경비 아저씨가 순찰을 돌 시간. 나는 복도와 맞닿은 벽 아래 책상을 이어 붙이고 그 위에 침낭을 폈다. 이게 대체 무슨 상황이람. 불과 두 시간 전에 그토록 소란스럽던 공간이었다고는 믿을 수 없을 만큼 학교는 조용했다. 나는 교실 불을 끄고 잽싸게 침낭 속으로 들어갔다. 기웅이 녀석, 설마 나를 골탕 먹이려고 일부러 그런 건 아니겠지. 책상에 누워 멍하니 천장만 바라보고 있자니 헛웃음이 나왔다. 이 시간에 내가 학교에서 뭘 하는 거지?

시간은 어느새 열두 시 오 분 전. 여름이 가까워졌다고는 하지만 밤은 아직 서늘했다. 침낭을 턱밑까지 당겨 덮는데 바람이 창을 두드리는 소리가 났다. 언뜻 보기에 누군가 창밖에 서 있는 것만 같아서 그쪽으로 고개를 돌릴 엄두가 나지 않았다. 그래, 여긴 2층인데 창밖에 누가 있을 리가 없지. 나는 눈을 감고 고개를 저었다. 그러고 보니 내일 비가 온다는 예보를 본 것도 같은데 그래서 바람이 심하게 부나. 스마트폰으로 날씨를 확인할까 하다가 그만두기로 했다. 뭘 하지 말아야지. 자꾸 움직이지 말고. 생각도 하지 말고 그냥 빨리 자야지.

그런데 어디선가 불쾌하고 음산한 소리가 들렸다. 끼이이이. 한밤의 적막을 뚫고 날카로운 무언가로 벽을 긁는 듯한 소리. 뭘까? 이 소리의 정체는. 소리가 잠시 멈추는가 싶더니 이번에는 무언가로 쇠를 두드리는 소리가 났다. 챙! 챙! 챙! 챙! 그리고 조금씩 선명해지는 발소리. 계단이다. 나는 복도 창 너머 계단 쪽을 슬며시 내다봤다. 챙! 챙! 챙! 챙! 계단 맞은편으로 기다란 그림자가 올라오는 게 보였다. 그리고 그림자가 손에 무엇을 쥐고 있는지도.

경비 아저씨가 아니잖아! 나는 재빨리 침낭을 뒤집어쓰고 엎드렸다. 그림자를 보는 순간 떠오른 얼굴이 있었다. 검은 모자와 제복. 그리고 기다란 칼. 아까 그 소리는 칼로 계단의 난간대를 두드리면서 난 소리가 틀림없었다. 뚜벅뚜벅. 구두 소리보다 둔탁하고 묵직한 발소리가 점점 가까워졌다. 끼이

이이. 쇠로 시멘트 벽을 긁는 마찰음도 여전했다. 이건 꿈일
거야. 그렇지 않고서야 사진 속의 인물이 한밤중에 학교를
돌아다닐 리는 없을 테니까. 그렇게 생각하면서도 나는 인
기척을 내지 않기 위해 숨을 참았다. 발소리가 아주 가까운
곳에서 멈췄기 때문이다. 검은 모자는 지금 벽 너머에 서 있
다. 어쩌면 그의 칼이 내 목을 겨누고 있는지도 모른다. 하지
만 이게 정말 꿈이라면 무서워할 이유가 없지 않을까. 악몽
에서 깨어나는 방법은 의도적으로 위험에 빠지는 것이라고
했던 어느 드라마 속 대사가 떠올랐다. 절벽에서 뛰어내리는
것 같은 위험한 행동을 하면 순간적으로 정신을 차리게 된다
고. 나는 책상에서 벌떡 일어나 칼을 든 사내와 정면으로 마
주 설 생각이었다. 그게 가장 빨리 이 악몽에서 벗어나는 방
법일 것이다. 그렇게 내가 속으로 타이밍을 재고 있을 때 어
디선가 종이 울렸다.

댕… 댕… 댕… 종이 울리자 발소리가 조금씩 멀어지기 시
작했다. 뚜벅뚜벅. 나는 다시 창문 너머로 복도 쪽을 확인했
다. 칼을 든 사내가 복도의 짙은 어둠 속으로 들어가고 있었
다. 그걸 확인하는 순간 다리에 힘이 풀려 책상 위에 털썩 주
저앉았다. 종소리는 열두 번에서 멈췄다. 이 와중에 그걸 세
고 있다니. 나는 스스로도 어이가 없어서 헛웃음이 나왔다.
그런데 뭔가 등골이 서늘한 기분이다. 이 종소리는 어디에서

울린 걸까. 우리 학교에 괘종시계라고는 현관에 세워놓은 것 하나뿐인데. 그나마도 건전지가 없는. 아 참, 이건 꿈이지. 꿈 속이라면 뭐 그럴 수 있지. 애써 스스로를 다독이며 다시 침 낭 속으로 들어가려는 순간, 드르륵. 누군가 교실 문을 열고 뛰어 들어왔다. 이건 또 뭐야, 나는 재빨리 책상 밑으로 몸을 던졌다.

새로운 길

막이 오르면 무대 왼쪽에 세 명의 청년이 서 있다. 이들의 얼굴은 어둠에 가려 잘 보이지 않는다. 무대 중앙에는 흰 수염을 기른 노신사가 양복을 입은 사내와 마주 보고 앉아 있다. 노신사는 편한 자세로 차를 권하고, 차를 마시는 사내의 자세에선 기품이 느껴진다. 사내가 차를 마시는 동안 노신사가 연설문을 소리 내 읽는다.

노신사: '여러분들은 나의 개전론開戰論을 듣고 현재 병력도 빈약하고 군함과 대포 등 군수물자가 없는데 무엇으로 전쟁을 할 것인가 하고 마음속으로 놀랄 것이다. 하지만 일본이 러시아에 선전포고를 하고 일으킨 러일전쟁은 2~3년 전이지만, 전쟁 준비는 이미 38년 전이었다. 38년 전에는 일본도 야만의 미개국이었다. 몇 명의 학

생이 유학하여 학업과 지식을 발전시킨 것이다. 따라서 전쟁을 준비한 지 38년이 지나 그 열매를 얻었으니 여러분은 이것을 거울로 삼아 오늘로 전쟁을 준비하자.'³

노신사는 탁자 위에 연설문을 내려놓고 차를 마신다. 차를 마시다 말고 문득 생각에 잠긴 듯 눈을 감는다. 차를 음미하는 것도 같고 문장을 음미하는 것도 같다. 그러다 문득 생각이 났다는 듯 시선을 사내에게 고정하고 말한다.

노신사: 훌륭한 연설문이다. 그런데 이렇게 밤낮으로 조선 방방곡곡을 돌며 연설을 하는 목적이 무엇인가?

사내: 그 목적은 귀하가 누구보다도 잘 알고 있을 텐데. 귀하가 과거 일본을 돌며 연설을 했던 것과 같은 목적이 아니겠는가.

노신사: 그래. 좋다. 그래서 이렇게 만나자고 한 것이다. 그

---

3 「삼선평 연설」: 도산 안창호가 1907년 5월 12일 서북학회 친목회에서 하였던 연설. 현재의 성북구 삼선동 지역인 삼선평은 조선시대 도성을 지키는 군사들의 훈련장이었으며, 개화기 때는 체육 경기를 통해 학생과 청년들이 몸과 마음을 단련하는 장소로 쓰였다. 그와 함께 자주독립을 위한 시국 강연회도 종종 열렸다.

대도 나와 같은 애국자다. 그러니 오늘 한번 허물없이
대화해보자.

이때 어둠 속에 서 있던 세 명의 청년들이 한 걸음 앞으로
나와 외친다.

"제1조, 일본 정부는 동경 외무성을 경유하여 지금부터 한
국의 외국에 대한 관계 및 사무를 감리監理, 지휘한다."[4]

노신사: 알다시피 나는 조선을 위한 많은 계획을 갖고 있다.

사내: 그런 감언이설에 넘어갈 우리가 아니다. 그대는 지금
      이 시각에도 조선 독립을 위해 애쓰는 백성들을 잡아
      가두고 있지 않은가.

노신사: 그것은 서로 간의 오해에서 비롯된 일이다. 일본이
       눈부신 발전을 이룬 것처럼 조선 또한 그리 못 할 이
       유가 없다. 나는 오직 조선의 발전을 위해 그리한 것
       이다.

---

4 을사늑약 제1조.

다시 청년들이 외친다.

"제2조, 일본 정부는 한국과 타국 사이에 현존하는 조약의
실행을 완수할 임무가 있으며, 한국 정부는 지금부터 일본
정부의 중개를 거치지 않고는 국제적 성질을 가진 어떤 조약
도 하지 않기로 약속한다."

노신사: 조선에서 뜻을 이룬 후에 나는 청국으로 갈 것이다.
　　　　일본과 조선, 그리고 청국이 함께 힘을 모아 서양에 맞
　　　　서자. 조선에 훌륭한 젊은이가 많은 것으로 알고 있다.
　　　　그대가 나와 함께 청국으로 간다면 조선의 청년들도
　　　　오해를 풀고 동양의 평화를 위해 함께 나설 것이다.

사내: 조선의 외교권을 빼앗아놓고 무슨 동양 평화를 말하
　　　는가. 스스로 국제 조약 하나 맺지 못하는 나라가 어찌
　　　서양에 대적하며, 그것이 어디를 봐서 발전이란 말인
　　　가. 귀하가 진정 조선을 위한다면 지금 당장 할 수 있
　　　는 일이 하나 있다.

다시 청년들이 외친다.

"제3조. 일본 정부는 그 대표자로 하여금 한국 황제 폐하의 궐하에 1명의 통감統監을 두게 하며, 통감은 오로지 외교에 관한 사항을 관리하기 위하여 경성에 주재하고 한국 황제 폐하를 친히 내알內謁할 권리를 가진다."

노신사: 그것이 무엇인가.

사내: 오늘 밤 짐을 싸서 일본으로 돌아가는 것이다.

　찻잔을 들고 있는 노신사의 손이 부르르 떨린다.

사내: 일본은 조선과 청국에 완전히 신뢰를 잃었다. 귀하가
　　　그 어떤 협박과 회유를 한다고 해도 조선은 조금도 흔
　　　들리지 않을 것이다. 그런데도 귀하가 끝내 이 나라를
　　　손에 쥐려 한다면 우리는 다음번엔 찻잔이 아니라 칼
　　　을 사이에 두고 마주 앉게 될 것이다.

노신사: 이보시오. 안창호 선생!

　사내는 일어서 의자 뒤의 옷걸이에 걸어놓은 코트와 모자를 챙긴다. 그리고 무대 밖으로 사라진다. 무대 중앙이 암전

되고 조명은 세 명의 청년들을 비춘다. 청년들이 두 발 앞으로 나오자 무대 바닥에는 선로가 놓여 있다. 청년들은 저마다 주머니에서 돌을 꺼내 선로 위에 올려놓는다.

청년2: 이렇게 하면 정말 기차가 전복될까?

청년1: 그래. 기차는 아마 선로 위로 치솟았다가 이곳 서리 재[5] 바닥 깊숙이에 처박힐 거야.

청년3: 그럼 이토 히로부미 그자도?

청년1: 물론이지. 저승에서 머리를 조아리며 영원히 조선에 사죄해야 할걸.

청년2: (떨리는 목소리로) 우리가 지금 잘하고 있는 거겠지?

청년1: 의병들은 오늘도 삼천리 방방곡곡에서 일본군들과 싸우고 있어. 우리가 비록 의병에 합류하진 못했지만 이건 하늘이 준 기회야.

청년2: 그, 그렇겠지?

청년3: (초조한 듯 무대 중앙 쪽을 두리번거리며) 시간이 다 된 것 같은데. 왜 안 오지?

청년1: 글쎄. 수원에서 출발했다면 이제 올 시간이 거의 다 됐는데.

---

5 현재 안양시 만안구 안양육교 인근.

청년들은 초조한 듯 잠시 말이 없다.

청년2: 궁궐의 사방을 일본군 병사가 둘러싸고, 내부에도 일
　　　본 헌병과 경찰들이 함부로 드나들었다지.

청년3: 어디 그뿐인가. 황제를 겁박하고 나중엔 조약에 서명
　　　을 거부한 참정대신을 골방에 가두기까지 했다던데.

청년1: 그게 다 이토 히로부미와 그 옆에 붙어서 나라를 팔
　　　아먹은 을사오적 때문이 아니겠나.

청년2: 그, 그러니까. 조정을 함부로 짓밟고 황제까지 농락
　　　하는 놈을 우리가 과연… 이보게, 태우. 이토를 죽이고
　　　나면 우리는 어떻게 될 것 같은가?

청년1: 어떻게 되긴. 뒷일은 하늘에 맡겨야지. 우리는 지금
　　　해야 할 일만 생각하자고. 자, 저기 기차가 오네.

　멀리서 기차가 달려오는 소리가 들린다. 청년들은 재빨리
어둠 속으로 몸을 숨긴다. 무대 중앙에 다시 불이 들어오고
노신사가 청년들을 향해 앉아 있다. 그림자로 만든 무대 장
치로 인해 그가 기차에 앉아 있음을 알 수 있다. 기차 소리
가 가까이 다가왔을 때 청년2가 어둠 속에서 갑자기 뛰쳐나
온다.

청년2: 이보게들, 미, 미안하네.

청년2가 황급히 철로 위의 돌들을 치워버린다. 청년3도 놀라서 허둥대다 청년2와 함께 무대 뒤로 사라져버린다. 혼자 남겨진 청년1이 무대 앞으로 걸어 나와 돌을 집어 든다.

청년1 : 이런 겁쟁이들… 아니지, 차라리 잘됐어. 모두 함께
　　　죽을 필요는 없지. 자네들은 살아남아서 후일을 도모
　　　해주게. 이토 저놈의 죄는 내가 오늘 심판할 테니.

기차 소리가 매우 가까워졌을 때 청년1이 노신사를 향해 돌을 던진다. 유리창 깨지는 소리와 함께 암전.

* * *

"그래서 이토 히로부미를 명중시켰어?"
여기까지 읽은 기웅이가 내게 물었다.
"응. 명중시켰어. 당시 기차는 지금과 달리 시속 20킬로 정도밖에 되지 않았거든. 이 일로 이토 히로부미가 왼쪽 눈과 안면에 부상을 입었다는 기록이 있어."
"그럼 돌을 던진 청년은?"

"체포되어 두 달간 끔찍한 고문을 당했지. 평생을 불구로 지내야 했을 정도로."

"아…."

기웅이가 탄식을 내뱉었다. 동아리방 창문 틈새로 스며든 바람이 기웅이가 손에 쥔 종이 뭉치의 끝을 살짝 흔들었다. 곧 있을 축제의 공연을 위해 내가 쓴 희곡이었다.

"몰랐어. 이런 일이 있었다는 걸…."

옆에서 묵묵히 듣고 있던 은서가 이름표 두 개를 꺼내 각각 이렇게 적었다.

'도산 안창호', '원태우 지사'

4

누, 누구지? 나는 책상 밑으로 몸을 던지며 생각했다. 이번엔 정말 경비 아저씨일까. 설마 귀신은 아니겠지? 그 순간 기웅이의 십자가가 떠올랐다. 나는 재빨리 몸을 일으켜 기웅이의 책상으로 손을 뻗었다.

"거기서 뭐 하고 있어? 빨리 나와!"

정적을 깨는 다급한 목소리. 나는 허리를 구부정하게 굽힌 채 서랍을 향해 팔을 뻗은 어정쩡한 자세로 침입자와 눈이 마주쳤다. 어라? 이미 어둠에 익숙해진 눈은 단번에 그의 얼굴을 알아볼 수 있었다.

"너, 넌… 송… 송죽….'

내가 말문이 막혀 더듬거리는 사이 그가 내게 손짓하며 소리쳤다.

"빨리 가자! 곧 기차가 도착할 시간이야."

그러곤 뒤돌아서 문을 박차고 뛰어나갔다.

"기차라니? 무슨 소리야?"

엉겁결에 튀어나온 질문은 듣지도 않고 녀석은 어둠 속으로 사라져버렸다. 내게서 도망쳐야 할 용의자가 오히려 나에게 손짓하는 이 상황은 뭘까. 사람을 불러놓고 혼자 사라져버리는 저 무심한 속도는. 나는 실수로 쏘여진 화살처럼 자신을 의심하면서도 재빨리 복도로 발걸음을 옮겼다. 당황스러운 마음 한편에 뭔가 신나는 일이 시작되고 있다는 흥분 또한 샘솟고 있었기 때문이다. 그래서 나는 한 번도 걸어본 적이 없는 자정의 복도, 수많은 비밀을 간직하고 있을 것만 같은 그 고요 속을 달리기 시작했다. 그런데 어쩐지 질주를 한다기보다는 경중경중 징검다리를 건너는 기분이었다. 내가 건너는 것이 밤인지, 벼랑인지, 아니면 단지 2학년 1반과 2반 사이의 경계인지 알 수는 없었지만 확실한 것은 시공간의 이음매가 벌어졌다는 것. 그 일그러진 구도 속을 내가 달리고 있다는 사실이었다. 그렇지 않고서야 30초면 넉넉히 갈 수 있는 거리를 5분이 넘게 달려 겨우 도착할 리 없으니까.

"이쪽이야!"

송죽은 복도 끝에 서서 나를 향해 팔을 크게 돌렸다. 그 앞에서 코너를 돌자 그쪽 복도도 평소보다 훨씬 더 깊고 넓게 변해 있었다. 내가 길눈이 어두운 마라토너처럼 두리번거리자 어느새 곁에 다가온 송죽이 속삭이듯 말했다.

"여기부터는 천천히."

그 목소리를 가까이에서 듣는 순간 나도 모르게 송죽의 얼굴을 빤히 쳐다볼 수밖에 없었다. 여자였어. 완벽한 몽타주라 생각했는데 우리는 가장 기본적인 것을 놓치고 있었구나. 내가 눈을 휘둥그레 뜨고 쳐다보자 되레 송죽이 내 얼굴을 빤히 쳐다보며 물었다.

"왜 그래? 내 얼굴에 뭐라도 묻었어?"

"아, 아니. 그냥, 반가워서."

여자라는 것만 빼면 송죽의 얼굴은 몽타주에서 본 그대로였다. 경찰대학에도 미술 세특[6]이 반영되던가? 그게 아니라면 은서는 미대를 지원하는 게 더 유리할 것 같은데.

"바로 저기야."

송죽이 허리를 숙이고 과학실을 가리켰다.

"저긴…."

"채가구."

"응? 무슨 가구?"

"채가구역이라고. 저기서 동지들이 기다리고 있어."

"에이, 무슨 소리야. 저기는…."

과학실이라고 말할 새도 없이 팔을 당기는 송죽을 따라 문

---

6 고등학교 생활기록부에 쓰이는 '세부능력 및 특기사항'의 줄임말.

앞에 섰을 때 나는 할 말을 잃었다. 나무로 만든 미닫이문은 어디로 가고, 과학실 입구를 지키고 있는 것은 두꺼운 철제 문틀에 유리를 넣어 만든 여닫이문이었다.

"자, 이쪽으로."

손잡이를 당기자 고막을 긁어내리는 듯한 쇳소리가 복도를 따라 메아리쳤다. 귀를 막고 올려다본 입구에는 이렇게 적혀 있었다. '蔡家沟(채가구)'. 정말 과학실에 가득했던 실험 도구와 책상들도 온데간데없이 사라졌다. 그곳에는 기차역 대합실처럼 기다란 의자 몇 개만 덩그러니 놓여 있을 뿐이었다.

"기차역 맞아."

내 생각을 읽기라도 한 듯 송죽이 나를 돌아보며 말했다.

"하지만 기차를 타러 온 건 아니야. 우리는 마중을 나온 거니까."

그렇게 말하는 눈빛이 날카롭게 빛났다.

"그런데 조용한 걸 보니 우리가 조금 늦은 것 같네."

텅 빈 대합실을 둘러보며 송죽이 입술을 깨물었다.

"누구를 마중 온 건데?"

"늙은 도둑."

"응? 도둑을 마중 왔다고?"

"그래. 그 얘긴 나중에. 지금 이러고 있을 때가 아냐. 빨리 객사로 가보자."

대합실 한쪽 구석의 문을 열자 지하로 내려가는 계단이 나왔다. 송죽은 빠른 걸음으로 지하 계단을 내려갔다. 좁고 가파른 계단을 흐릿한 등 하나가 간신히 비추고 있었다. 지하로 내려서니 어디선가 곰팡내가 훅 끼쳐왔다. 복도를 따라 문이 몇 개 있었는데 그중에서 문 아래로 불빛이 새어 나오는 방이 있었다. 문턱이 없어서 문과 바닥 사이에 틈이 제법 벌어져 있었다.

"우 선생님. 안에 계시나요?"

문을 두드리는데 손잡이 위로 채워진 자물쇠가 눈에 들어왔다.

"누, 누구요?"

"기옥이에요."

기옥? 그럼 이 녀석의 이름은 송죽이 아니었나?

"오, 그래. 기옥이. 지금 밖은 상황이 어떤가?"

"기차가 이미 떠난 거 같아요. 주변이 너무나 조용해요."

"음, 결국 그렇게 되었군."

문 너머에서 낮은 탄식이 흘러나왔다.

"선생님은 어떻게 되신 건가요?"

"늙은 도둑이 온다는 정보를 입수하고 여기서 밤새 기다렸네. 이렇게 몸을 숨기고 있으면 눈에 띄지 않을 줄 알았는데 러시아 경비병들이 우리를 수상하게 여긴 모양이야. 문을 밖에서 잠가버렸네. 예상보다 경비가 허술해서 우리가 방심한 탓이 커. 나와 조도선 동지는 이렇게 갇혀 아무것도 못 했네."

"그럼 안에는 두 분만 계신 건가요."

"그래."

"안 장군님은요?"

"안 동지는 어제 하얼빈으로 갔네. 아무래도 이런 상황이 닥쳐올 걸 예상했던 것 같아. 일행을 둘로 나눠 준비하면 여기서 실패하더라도 한 번 더 기회를 얻을 수 있으니까. 우리는 늙은 도둑이 어느 역에서 내릴지 정확히 알 수는 없었네. 하얼빈에 유동하가 남아 있었지만 그쪽에서도 정확한 정보를 파악하는 데는 한계가 있었던 모양이야."

"그럼 아직 완전히 실패한 것은 아니군요."

"그래. 늙은 도둑이 채가구에서 내리면 우리가, 죽지 않고 하얼빈에 도착한다면 안 동지가 처리하기로 했네. 이제 모든 것은 안 동지의 손에 달렸어."

곁에서 이들의 대화를 듣는 나는 정신이 하나도 없었다. 대체 이 문 너머에 갇혀 있는 이들은 누구이며 늙은 도둑은 또 누구인가. 그리고 하얼빈으로 간 안 동지라니. 그 사람은 설마….

"이토 그자가 오늘 하얼빈으로 오는 건 정확한 정보인가요?"

"글쎄. 자 이걸 보게."

사내가 바닥의 문틈으로 뭔가를 내밀었다. 반듯하게 접은 신문지 조각들이었다.

"원동보에는 26일, 다른 신문들에는 25일과 27일에 오는 거로 나와 있네요."

심각한 얼굴로 신문을 들여다보던 기옥이 말했다.

"그래. 일본 놈들이 거짓 정보를 흘린 게지. 하지만 이젠 확실해졌네. 우리 꼴을 봐. 우리를 이렇게 가둔 걸 보니 오늘이 틀림없어."

신문이 온통 한자투성이라 나는 읽기 힘들었지만 상단의 연도만은 확실히 눈에 들어왔다. 1909년.

"선생님, 여기서 조금만 기다리세요. 제가 이 자물쇠를 열 방법을 찾아볼게요."

"아니네. 우리는 단지 의심을 받고 있을 뿐 아무 일도 하지 않았으니 별일 없을 거야. 그러니 우리 걱정은 말고 어서 가게. 가서 하얼빈에 전보를 쳐주게. 우리가 실패했다고. 늙은 도둑이 지금 그리로 가고 있다고."

과학실 아니, 채가구역 밖으로 나온 우리는 빠른 걸음으로 자리를 옮겼다. 복도는 여전히 어둠 속에 잠겨 있었다. 꿈이라기엔 이 모든 게 너무나 생생했다. 하지만 1909년이라니.

꿈이 아니고서는 도저히 설명되지 않는 것들투성이였다.

"채가구는 작은 역이야. 하지만 하얼빈에 가는 모든 열차는 여기서 일단 멈춰야 해. 열차 선로를 바꿔야 하거든. 우덕순 동지와 조도선 동지는 그때를 노렸던 거야."

"그럼 아까 그분들이 얘기한 안 동지가 설마 안중근 의사?"

"맞아."

안중근 의사 외에도 이토 히로부미를 노린 사람이 또 있었다는 사실에 나는 깜짝 놀랐다. 안중근 의사는 혼자가 아니었구나. 나는 낮에 주운 천 조각을 기옥에게 건넸다.

"이거, 네 거 맞지?"

"어? 이게 너한테 있었구나. 난 그만 잃어버린 줄 알고…."

천 조각을 받아든 기옥의 눈가가 금세 촉촉해졌다.

"그런데 송죽이 뭐야? 난 그게 네 이름인 줄 알았어."

"내 이름은 기옥이야. 권기옥. 그리고 이건 송죽회에서 동지들과 함께 만든 거야."

"송죽회? 아, 그럼 동아리 이름이구나? 무슨 동아리인데?"

기옥이 나를 쳐다보며 살짝 미소를 지었다. 알 듯 모를 듯한 미소였다.

"자, 빨리 가자. 길은 멀고 새벽은 짧아."

기옥은 또 달리기 시작했다. 이번엔 계단을 내려가 현관으

로 향했다. 그 뒤를 따르면서 나는 창밖의 하늘을 올려다보
았다. 낮인지 밤인지, 어두워지려는 것인지 밝아지려는 것인
지 도무지 알 수 없는 짙은 보라색이었다.

"우리 지금 어디로 가는 거야?"

"늙은 도둑을 잡으러."

"또 마중을 간다고?"

"그래, 이번엔 진짜 격하게 환영해줘야지."

"하지만 늦은 거 아니었어? 기차는 이미 하얼빈으로…."

"걱정 마, 우린 지름길로 갈 거야."

현관을 나선 기옥이 학생회관 쪽으로 달리기 시작했다. 학
생회관에는 식당과 소강당과 동아리방들이 모여 있다. 그리
고 그 옆에는 저수지가 있다.

"에이, 설마."

꿈을 꾸고 있으면서도 이게 제발 꿈이길 바라는 심정이 이
럴까. 언제나 한 치의 어긋남도 없이 맞아떨어지는 불길한
예감처럼 기옥은 담장의 개구멍 사이로 몸을 날렸다. 우리
학교 애들도 잘 모르는 개구멍을 얘는 또 어떻게 알고 있대?
개구멍을 빠져나가면 저수지를 내려다보며 책을 읽거나 낮
잠을 자기에 좋은 '둥지'가 나온다. 문예부 선배들이 처음 만
들고 오랜 세월 후배들에게 물려줘 이제는 새의 둥지처럼 안
락하게 자리 잡은 우리들의 아지트.

"빨리 와, 시간 없어!"

에라 모르겠다. 될 대로 되라는 심정으로 나도 개구멍에 몸을 던졌다. 그래, 어디 한번 가보지 뭐. 늙은 도둑인지 뭔지를 잡으러. 기옥을 따라 둥지에 올라서니 저 아래로 서낭당이 보였다. 그런데 그 모습도 역시 평소와 달랐다. 나무로 만든 벽에 초록색 얼룩무늬가 그려져 있는 게 어쩐지 군인 초소로 변해버린 것 같았다. 군인들이 온 사방에 깔려 있구나. 그런데 애는 이 저수지를 어떻게 건너겠다는 거지? 기옥의 표정을 살피며 두리번거리는데 초소를 내려다보던 기옥이 갑자기 내 등을 떠밀며 소리쳤다.

"엎드려!"

그 순간 초소에서 뛰어나온 러시아 병사와 눈이 마주쳤다. 이런, 뒤늦게 몸을 숙였지만 벌써 초소 주변이 소란스러워지고 있었다. 거센 바람이 부는 것처럼 갈대숲이 심하게 흔들리더니 그 사이로 병사들이 뛰쳐나왔다. 기옥은 여기서 돌아갈 생각이 없는 듯 주먹을 불끈 쥐었다. 나는 머릿속이 복잡했다. 아무리 꿈이라지만 이건 좀 아니지 않나. 자다가 갑자기 죽는 사람들은 다 꿈속에서 죽어 그렇게 된 거라던데. 기옥은, 아니 이 세계의 사람들은 왜 목숨이 여러 개인 것처럼 행동하는 걸까. 러시아 병사들의 발소리가 가까워지기 시작했다.

이대로라면 우린 잡히고 말 거야. 나는 최대한 몸을 웅크린 채 기옥을 올려다봤다. 그런데 기옥은 웃고 있었다. 나는 눈을 의심했다. 하지만 기옥은 정말 이 상황을 즐기고 있는 것처럼 보였다. 그래, 저건 결코 후회하지 않는 사람의 얼굴이다. 모든 것을 걸어버린, 그리하여 더 이상 잃은 게 없는 사람의 얼굴.

그때 저수지 한가운데에서 이상한 소리가 들리기 시작했다. 우우후후. 갈대들이 크게 몸을 흔들고 버드나무 가지가 물을 차며 튀어 올랐다. 이게 바로 저수지의 울음소리일까. 하지만 듣기에 따라서는 웃음소리 같기도 했다. 우우후후. 어디에서 무슨 일이 일어나고 있길래. 기옥은 금방이라도 뛰어나갈 듯 발로 흙을 다졌다. 나는 품속에 넣어둔 십자가를 꺼내 들었다. 그런데 어찌 된 일인지 내 손에는 권총이 들려 있었다.

"이게 대체⋯."

"어서 일어나!"

내가 권총을 내려다보며 망설이는 사이에 기옥이 저수지를 향해 뛰기 시작했다. 권총은 안전핀이 채워져 방아쇠가 꿈쩍도 하지 않았다.

"잠깐만, 일 분만 기다려."

기옥을 향해 달려가는 병사들의 거친 발소리가 들렸다. 기옥이라면 빠져나갈 수 있을지도 몰라. 그러려면 지금 내가 엄호를 해야 해.

"일 분은 무슨. 빨리 일어나."

기옥이 달려간 방향에서 어느새 총성과 함께 섬광이 번쩍이고 있었다.

"아니야, 제발. 그럼 십 초만 더."

나는 다급하게 안전핀을 풀었다. 하지만 이미 곁으로 다가온 누군가가 내 어깨를 잡아 흔들었다.

"삼각김밥 가져왔어. 안 일어나면 내가 다 먹는다?"

"응? 삼각김밥?"

눈을 뜨니 기웅이가 나를 내려다보고 있었다.

5

운동장 스탠드에 앉아 먹는 삼각김밥은 꿀맛이었다. 간밤에 험한 꿈을 꾸긴 했지만 이른 아침의 시원한 바람 덕에 마음이 한결 가벼웠다. 눈을 뜬 것만으로 등교를 마쳤으니 순간 이동이라도 한 기분이었다.

"편의점에서 밤새운 거야?"

"응. 대학가라 새벽에도 손님이 제법 있는 편이야. 그래도 사장님이 아버지 친구라 이렇게 먹을 것도 챙겨주시고 좋아."

기웅이는 형을 대신해 밤새 편의점 아르바이트를 하고 왔다. 대학에서 연극동아리를 하는 기웅이의 형은 정기 공연을 하기 전날에는 항상 대타를 구하는데, 하필이면 어제 대타가 펑크를 내는 바람에 동생에게 SOS를 쳤던 것이다.

"근데 넌 오늘 피곤해서 어쩌냐."

"어쩔 수 없지 뭐. 우리 형은 밤을 새우면 다음 날 목이 확 잠기거든."

형제간의 우애는 부러웠지만 비몽사몽하는 기웅이가 좀 안쓰러웠다.

"그래, 너도 고생하고 왔으니 어젯밤 갑자기 잠수 탄 건 없던 일로 해주마. 덕분에 내가 죽을 뻔하긴 했지만."

"미안 미안. 계속 카톡 보냈는데 확인을 안 하길래 잘 자는 줄 알았지. 악몽이라도 꾼 거야?"

"글쎄, 이걸 악몽이라 해야 할지 길몽이라 해야 할지… 참, 그 애의 이름은 송죽이 아니라 기옥이었어."

"응? 갑자기 무슨 소리야?"

기웅이가 삼각김밥의 비닐 포장과 씨름하다 말고 물었다.

"어젯밤 열두 시에 자려고 누웠는데 뭔가 심상치 않은 느낌이 드는 거야. 아니나 다를까, 복도 어디선가 쿵쿵 소리가 들리더라고. 내가 또 궁금한 건 못 참잖아. 그래서 복도로 막 나가려는데 갑자기 교실 문이 확 열리는 거야. 그러더니 그 애가 뛰어 들어오더라고."

"그, 그 애가 제 발로 네 앞에 나타났어?"

"응. 심지어는 나보고 도와달라고 하더라니까."

사실 꿈이라는 게 아침에 눈을 뜨면 흐릿해지기 마련인데 어젯밤의 꿈은 말을 하면 할수록 선명해졌다. 기웅이는 내 얘기에 취한 건지 잠에 취한 건지 몽롱한 얼굴을 하고서도 열심히 추임새를 넣었다.

"우와, 과학실이 가구점으로 변했다고?"

"그게 아니고 역이름이 채가구야."

"채가구."

"아니, 따라 할 필요는 없고."

아침 햇살을 듬뿍 머금은 저수지는 오늘따라 더 잔잔하기만 했다. 시간이 멈춘 기분. 떠오르던 해는 산마루에 걸린 채로 꼼짝도 안 하고, 분주히 나무를 오가던 새들은 날개를 귓가에 댄 채로 나를 향해 숨죽이고 있었다. 이제 남은 이야기는 저수지에서 벌어지는 필사의 탈주. 나는 몸소 재연까지 해가며 실감 나게 말을 이었다.

"러시아 병사들이 포위망을 좁혀오고 있었어. 나는 둘 다 빠져나가긴 무리라고 생각했지. 그래서 일부러 놈들을 내 쪽으로 유인한 거야. 그렇게 수십 개의 총구가 나를 향해 다가올 때 내가 권총을…."

짠! 하고 오른쪽 주머니에서 손을 꺼내는 순간 잠시 정적이 흘렀다.

"그게 왜 네 주머니에서 나오냐?"

내 손바닥에는 기웅이의 십자가가 놓여 있었다.

"그, 그러게. 이게 왜 내 주머니에 있지?"

어젯밤 내가 기웅이의 책상에서 십자가를 꺼내긴 했다. 하지만 그건 단지 꿈속에서의 일일 뿐이었는데. 기웅이의 얼굴에 졸음이 사라지고 날카로운 무언가가 깃들기 시작했다.

"너 몽유병 있냐?"

"그, 글쎄."

"그거 조심해야 해. 몽유병 심한 사람은 자다가 벌떡 일어나서 차를 끌고 나가기도 한다더라. 그래서 잠들자마자 식구들이 차 키를 감춘대."

"하지만 몽유병은 아침에 일어나면 하나도 기억을 못 하는 거 아냐? 난 다 기억하는데?"

"웅? 그건 또 그렇네. 그럼 대체 어떻게 된 거지?"

"꿈이 아닌가?"

"꿈이 아니면?"

"꿈과 현실 사이의 중간?"

"아, 영화에서 본 것 같아. 우주로 간 주인공이 블랙홀 안으로 들어갔는데, 거기에 4차원의 새로운 공간이 있었어. 그래서 주인공의 눈앞에 지구에 있는 딸의 방이 펼쳐져. 하나의 방이 아니라 겹겹이 쌓인 모든 순간의 방들이. 네가 어젯밤에 송죽을 만난 곳도 혹시 그런 곳이 아닐까?"

"글쎄, 네 말을 들으니 비슷한 구석이 있는 것도 같고. 근데 그 애 이름은 송죽이 아니라니까."

"맞다. 기옥이라 그랬지. 독립운동을 하는 기옥."

기옥의 이름을 중얼거리던 기웅이가 뭔가 생각이 났다는 듯 호들갑을 떨며 내게 되물었다.

"그런데 혹시 성이 권 씨 아니냐?"

"어? 맞아, 그걸 어떻게 알았어?"

"와, 이게 무슨 일이야. 내가 어제 그랬잖아. 아는 얼굴이라고. 내 이럴 줄 알았지. 권기옥. 그 이름을 이제야 떠올리다니!"

기웅이가 스마트폰을 꺼내 뭔가를 검색하기 시작했다. 액정 화면 속의 권기옥 지사는 정말 몽타주와 비슷했다. 우리는 깜짝 놀라 숨을 크게 들이쉬었다. 김이 잘못 뜯겨 나간 삼각김밥은 하도 꽉 움켜쥐어서 동그래져 있었다. 나는 주머니에 손을 넣고 잠시 눈을 감았다. 왼쪽 주머니에서 만져지는 신문지 조각들에 대해서는 아직 기웅이에게 말하지 않았다.

"어이, 깡통. 빨랑빨랑 안 오냐?"

상담실 문을 열자마자 퉁명스러운 말투가 나를 반겼다.

"기왕이면 수업 시간에 불러요. 쉬는 시간엔 좀 바쁜데."

"나도 그러고 싶지. 근데 수업 시간엔 내가 또 바쁘잖냐. 요즘 어때? 밥은 잘 챙겨 먹고?"

"네, 아시잖아요. 우리 엄마."

대식이 삼촌을 다시 만난 건 작년 3월 한국사 시간이었다. 첫 수업이라 꼼꼼히 출석을 부르던 선생님이 갑자기 내 이름 앞에서 멈칫거렸다. 출석부의 증명사진과 이름을 몇 번이나 확인하는 눈치였다. 그러더니 대리 출석한 수험생이라도 잡 았다는 듯 의기양양한 표정으로 내 이름을 불렀다.

"어이, 허지환이. 어디 앉아 있냐?"

나는 잘못한 것도 없는데 괜히 죄인 된 심정으로 슬그머니 손을 들었다. 그러자 선생님이 내가 앉은 창가 쪽으로 성큼 성큼 걸어왔다. 순간 교실에는 정적이 흘렀다. 아이들은 흥미 로운 구경거리라도 생긴 것마냥 우리를 번갈아 쳐다봤다.

"야, 깡통. 나 모르겠냐?"

어느새 곁에 다가온 선생님이 지시봉으로 책상을 탁탁 두 드리며 말했다. 주변에선 폭소가 터져 나왔다.

깡통이라니. 지적인 이미지를 쌓기 위해 내가 얼마나 노력 했는데.

"대, 대식이 삼촌!"

깡통은 어릴 적 하숙생 형들이 나를 부르던 별명이었다. 여섯 살 때 흰 우유 대신 깡통에 든 분유를 사달라고 엄마에 게 떼쓰다가 된통 혼이 나는 걸 본 후로 하숙생 형들은 나를 깡통이라고 불렀다.

"어때? 애들이랑 축제 얘기는 잘되가고 있어?"

올해는 우리 학교가 개교 100주년이 되는 해다. 봄에 열린 성대한 기념식에 이어서 가을에 있을 축제도 특별하게 치르자며 이런저런 얘기가 나오는 중이었다. 그중에서도 축제의 하이라이트로 동아리 연합 공연을 해보면 어떻겠냐는 게 대식이 삼촌의 의견이었다.

"지난주에 부장들끼리 한번 모이기는 했는데 너무 갑작스러워서요. 일단 동아리별로 회의를 해보고 내일 다시 모이기로 했어요."

축제 때는 매년 동아리별로 행사를 치렀다. 문예부는 시화전, 연극부는 연극제, 방송부는 방송제 등등. 그런데 올해는 개별 행사 대신 동아리별 연합 공연을 성대하게 치러보자는 것이다. 학교에서는 학생들의 단합된 모습을 과시하고 싶어하는 눈치였다. 대식이 삼촌은 각 동아리의 부장들이 결의하면 생활부장인 자신이 나서서 뭐든 최대한 지원을 해주겠다고 했다. 문제는 아이템이었다. 동아리마다 특성이 다 다른데 우리가 함께할 수 있는 공연이 뭐가 있을까.

"좋은 아이디어가 좀 나와야 할 텐데. 어때, 넌 뭐 생각해 놓은 거 없어?"

"글쎄요. 좀 더 생각해봐야 할 거 같아요."

사실 오늘 아침에 아이디어 하나가 살짝 떠오르긴 했다.

하지만 아직 대식이 삼촌에게 말할 단계는 아니었다.

"그런데 뭐 좀 물어봐도 돼요?"

"뭔데?"

"혹시 권기옥이라고 아세요?"

"응? 누구?"

"독립운동가 중에 권기옥 지사라고…."

"아, 당연히 알지. 갑자기 그분은 왜?"

"제가 그분을 봤다고 하면 말이 안 되는 거겠죠?"

"봤다고? 어디서?"

"학교 여기저기에서."

"학교 여기저기에서 그분이 뭘 하고 계셨는데?"

"축구도 하고, 축구 골대에 매달려 계시기도 하고."

"권기옥 지사가 골대에 매달려 계셨어?"

"네. 거꾸로."

"그것도 거꾸로?"

"네. 이상하게 들리시겠지만 이게 꿈을 꾼 건 아니고요."

"그래. 그러니까 공부도 좋지만 잠도 좀 자고 그래. 헛것을 보는 거 보니까 체력이 많이 떨어진 모양이네. 여름엔 그럴 수 있어."

말을 하고도 뭔가 이상했는지 대식이 삼촌이 되물었다.

"근데 그 사람이 권기옥 지사라는 걸 어떻게 알았어?"

나는 '송죽'이 새겨진 천 조각을 떠올렸다. 급히 주머니를
뒤졌지만 찾을 수 없었다. 밤에 기옥에게 돌려준 게 그제야
생각이 났다.

"제가 물어봤어요."

"이름을 물어봤다고?"

"네."

"그랬더니 자기가 권기옥 지사라고 그래?"

"네, 뭐. 지사를 붙이지는 않았지만… 아무튼 이름은 권기
옥이라고 했어요."

"흠, 헛것을 본 것치고는 되게 구체적이네."

대식이 삼촌이 턱을 쓰다듬으며 테이블에 놓여 있던 종이
컵을 집어 들었다.

"그래서 말인데요. 혹시 권기옥 지사가 우리 학교 나오셨
나요?"

내가 무슨 생각을 하는지 안다는 듯 대식이 삼촌이 애석한
표정을 지으며 말했다.

"아니, 그분은 평양에서 나고 자라셨어."

기웅이는 신이 났다. 저녁을 먹고 스탠드에 앉아 바람을
쐬고 있는 나와 은서 앞에서 권기옥 지사에 관해 한참을 떠
들었다. 기웅의 말을 요약하면 권기옥 지사는 독립운동가이

자 우리나라 최초의 여성 비행사였다. 그녀는 숭의여학교 재학 중 송죽회에 가입해 독립운동을 하며 체포와 투옥, 갖은 고문을 당하였지만 독립의 의지를 꺾지 않았다. 스무 살이 되던 해 중국으로 건너가 임시정부에서 활동하였으며 이후 항공학교를 졸업하고 중국 국민정부의 정규군이 되어 일본군에 맞서 싸웠다.

피곤하다며 야자를 조퇴한 것치고는 기웅이의 목소리엔 생기가 가득했다. 반면 은서는 시큰둥한 표정으로 기웅이의 말을 듣고 있었다. 몽타주 속의 인물이 100년 전 사람이라는 것이 당연히 믿기지 않는 눈치였다. 나는 우두커니 하늘을 올려다봤다. 비가 올 거라는 예보는 빗나갔다. 움켜쥔 주먹 모양의 구름 아래로 새 몇 마리가 날아가고 있었다.

"송죽회는 권기옥 지사가 다닌 숭의여학교의 비밀결사대였어. 선생님들이 만들고 재학생은 물론 졸업생들도 참여했지. 그들은 머리카락을 잘라 팔거나 행상 활동을 하는 등의 갖가지 방법으로 자금을 모아 임시정부에 전달했대. 권기옥 지사도 임시정부의 군자금을 모금하다가 체포되어 6개월이나 감옥에 있었어."

"대단했구나. 그 시절의 학생들은."

"그렇지. 3.1운동 때는 송죽회가 태극기 수백 장을 만들어서 사람들에게 나눠줬대. 당시에는 이게 다 목숨을 걸고 하는 활동들이었어."

태극기를 만드는 것으로, 태극기를 흔드는 것만으로 일본군을 죽일 수는 없다. 그러나 일본군의 손에 죽을 수는 있다. 나는 그 차이에 대해 생각했다. 무얼까. 그들을 이 무모한 싸움에 끌어들인 것은. 아니, 무력한 상황 속에서도 그들에게 이 싸움이 바로 자신의 것임을 받아들이게 한 무언가는.

"그런데 질문을 바꿔야 하지 않을까? 너희들의 말이 모두 다 사실이라면 말이야."

은서가 엉덩이를 툭툭 털고 일어나며 말했다.

"중요한 건 기옥이 누구냐가 아니라, 여기에 어떻게, 그리고 왜 왔느냐인 것 같은데?"

은서는 오늘도 변함없이 운동장을 향해 달려 나갔다. 기웅이와 나는 그런 은서를 부러운 눈으로 바라봤다. 매일 같은 자리를 돌고 있지만 은서는 분명 자신의 꿈에 조금씩 다가가고 있었다. 나는 다시 몽타주를 떠올렸다. 우리가 몽타주에서 읽어야 했던 것은 기옥의 얼굴이 아니라 기옥이 가고자 하는 방향이었는지도 모른다. 기옥은 어디에서 와서 어디로 가려는 것일까. 기옥은 오늘이 1909년 10월 26일이라고 했다. 대식이 삼촌은 그날이 이준, 이상설, 이위종 3인의 헤이그 특사가 제2회 만국평화회의에서 일본의 방해 공작으로 문전박대를 당한 2년 후라고 했다. 그렇다면 그날, 안중근 의사가 이토 히로부미의 목숨을 빼앗으면서까지 하고자 했던 것은 무엇일까. 기옥이 그 밤을 달려 내게 보여주고자 했던 것은.

"만약 안중근 의사가 살아 계셨다면 어떻게 됐을까?"
"응? 무슨 소리야?"
기웅이가 잠긴 목소리로 되물었다.
"안중근 의사가 이토 히로부미를 사살한 뒤에 무사히 하얼빈역을 빠져나갔다면 말이야. 역사는 어떻게 달라졌을까?"
나는 스탠드에서 일어나 저수지 쪽을 건너다봤다. 기옥은 무사히 저수지를 건넜을까. 늙은 도둑은, 그리고 안중근 의사는 어떻게 됐을까. 문득 지난밤에 내가 의심했던 것들, 망설였던 일들이 부끄럽게 느껴졌다. 나에게 한 번의 기회가 더 주어진다면, 그래서 기옥을 다시 만날 수 있다면 내 두 눈으로 똑똑히 보고 싶었다. 그리고 바꾸고 싶었다. 1909년 10월 26일 화요일의 그 아침을.
"친구야."
나는 기웅이의 어깨를 짚으며 일어섰다.
"왜?"
"네 침낭 내가 하루만 더 쓰자."

축제의 해골

1907년의 네덜란드 헤이그. 무대 중앙에 직사각형 모양의 커다란 리어스크린[7]이 세워져 있다. 주변의 조명이 어두워지면 스크린 위로 유럽의 고풍스러운 문[門]이 선명하게 드러난다. 굳게 닫힌 웅장한 문은 어딘가 위압적이고 사람 키보다도 훨씬 커서 보는 이를 압도한다. 문 위에는 '만국평화회의장'이라는 현판이 걸려 있다.

조금씩 소란스러운 거리의 효과음이 들려오기 시작하면 양복 차림의 세 사내가 걸어 나와 문 앞에 선다. 문보다 상대적으로 왜소한 느낌. 셋 중에서 가장 젊어 보이는 사내가 중절모를 벗고 말한다.

---

7 빔프로젝터를 정면이 아니라 후면에서 쏘는 방식의 스크린. 리어스크린을 사용하면 빔프로젝터의 빛이 무대 위의 배우들에 의해 가려지는 것을 방지할 수 있다.

이위종: 이것이 정녕 문이란 말인가. 만국의 평화를 위한다
　　　는 문이 어찌 이리도 문턱이 높은가. 이보시오, 당신들
　　　눈에는 이 초대장이 보이지 않소? 아니면 보이지 않는
　　　척 애써 외면을 하는 것이오. 바로 이 초대장이, 우리
　　　세 사람의 특사가, 우리를 보낸 대한제국이 정녕 당신
　　　들에게는 보이지도, 존재하지도 않는단 말이오. 을사
　　　늑약을 맺었기에 우리는 자격이 없다니. 일본이 우리
　　　의 모든 외교적 권리를 갖고 있다니 이 무슨 가당치 않
　　　은 소리요. 무력을 동원하여 강제로 체결한 조약을, 심
　　　지어 황제 폐하의 재가도 받지 않은 조약을 당신들은
　　　어찌 우리의 말보다도 우선시한단 말이오. 여기 폐하
　　　의 옥새가 찍힌 위임장이 있소. 우리를 보시오. 우리에
　　　게 말할 기회를 주시오. 그러니 어서 이 문을….

　　이위종이 뒤돌아서 문을 밀어본다. 그러나 문은 꿈쩍도 하
지 않는다. 침통해하는 이위종 곁에서 이상설이 위로하듯 말
한다.

이상설: 이것은 문이 아니라 벽이로군. 러시아가, 미국과 영
　　　국이 이미 대한제국에 대한 일본의 지배를 인정한 것
　　　이 아닌가. 나는 그런 생각이 드네. 평화와 정의는 오

직 자국의 이익만을 위해 움직이는 저들의 가면이었을 뿐. 헤이그에 오면 국권을 회복할 수 있을 거라는 기대와 희망에 눈이 멀어 우리가 벽을 문으로 착각했던 모양일세. 그간 우리는 이 벽에 갇혀 국제 정세를 전혀 읽지 못했네. 러시아가 만주와 외몽골에 눈이 멀어 일본과 협약을 체결할 줄이야. 국가 간의 신의가 이렇게 쉽게 무너질 줄은 정말⋯.

이준: 너무 낙심 마시게. 우리가 그간 44개국의 대표들이 묵은 호텔을 일일이 찾아가 만난 것이나, 각국의 기자들과 인터뷰하고 호소했던 것들이 헛되지만은 않을 터이니. 자네들도 유럽의 신문들이 이 참서관[8]을 왕자로 소개한 기사들을 봤을 걸세.

이때 스크린 위로 영국의 언론인 스테드가 이위종을 인터뷰한 1907년 7월 5일 자《만국평화회의보》1면이 떠오른다. 기사의 제목은 'The skeleton of the party(축제의 해골)'. 이위종이 쑥스러운 듯 머리를 긁적인다. 기사에서 스테드는 이위종을 '프린스 리'라고 부른다.

---

8 대한제국 때 여러 관청에 둔 주임 벼슬.

이준: (이위종을 보며) 차라리 잘됐네. 이 참서관이 대한제국
      에서 온 왕자로 소문이 나면서 오히려 세계의 언론이
      우리를 주목하기 시작했어. 곧 있을 언론인 클럽 강연
      회에서 이 참서관은 그간 해오던 대로만 해주게. 혹시
      기자들이 또 왕자라고 부르거든 굳이 부정하지 말게
      나. 그 강연이야말로 우리에게 주어진 최고의 기회일
      테니. 우리는 황제 폐하의 말대로 특명에만 최선을 다
      하는 걸세. 이 헤이그 만국평화회의가 우리에게 정말
      닫힌 문일지라도, 거대한 벽일지라도, 그리하여 끝내
      는 우리의 목을 노리는 덫이 될지라도 절대 주저해서
      는 안 되네. 어떤가, 그리할 수 있겠는가.

이위종: 물론입니다. 선생님 말씀대로 일본의 불법 침탈을
       세계 언론 앞에 확실히 알리도록 하겠습니다.

   암전. 음악이 잠시 흐른 뒤 어둠 속에서 이위종을 소개하
는 스테드의 목소리가 들린다.

목소리(스테드): 세계 각지에서 오신 언론인 여러분. 유라시
       아 대륙의 동쪽 끝에서 이 먼 헤이그까지 찾아오신 특
       사를 소개합니다. 대한제국의 프린스 리입니다.

스포트라이트가 어둠 속에 서 있던 이위종을 비춘다.

이위종: 안녕하십니까. 이렇게 강연회에 초대해주셔서 감사
　　　합니다. 저의 조국 대한제국은 2년 전인 1905년 일본과
　　　을사늑약을 체결했습니다. 이 조약은 대한제국의 외교
　　　권을 박탈하는 불평등 조약이었습니다. 당시 일본은
　　　군대를 동원해 궁궐을 포위했을 뿐 아니라 기병과 포
　　　병 대대까지 성내로 들여와 협박했습니다. 조약을 완
　　　강히 거부한 참정대신 한규설을 체포 감금하며 조약
　　　을 조인할 것을 강요했습니다. 그렇게 황제 폐하의 재
　　　가도 없이 외무대신이 임의로 체결한 이 조약은 무효
　　　이며 그 어떤 효력도 있을 수 없습니다. 그런데도 우리
　　　대표단은 을사늑약을 이유로 만국 평화 회의의 참석을
　　　거부당하고 있습니다. 반면 일본은 어떻습니까. 일본
　　　은 을사늑약에 관해 대한제국이 스스로 양보한 것이라
　　　고 세계만방에 거짓을 퍼뜨리고 있습니다. 이렇게 겉
　　　으로는 우호적인 척 다가와 슬쩍 상대방의 호주머니를
　　　터는 위선은 강도 행위보다도 더 비열하고 야비한 짓
　　　이 아닐 수 없습니다. 을사늑약을 강제로 맺은 이후 일
　　　본은 통감부를 설치하고 공식적 또는 비공식적으로 강
　　　탈, 강도 또는 잔인한 흉계 등을 감행하고 있습니다.

이토 히로부미가 일본에서 차관해 온 돈으로 일본인 관리들은 본토 봉급의 3~4배를 받았고, 교육기관의 설치는 일본어를 가르치려는 것이었으며, 행정개혁은 유능하고 신망 있는 한국인 정치가를 쫓아내고 일본화한 사람들로 대치한 것에 불과하였습니다. 뿐만 아니라 일본 정권은 개인 소유지를 군사상의 필요에서 아무런 보상 없이 박탈하였으며, 화폐제도를 개혁한다더니 한국 상인들을 파산으로 내몰았습니다. 일본은 늘 평화를 말하지만 어찌 사람이 총구 앞에서 평화롭게 살 수 있겠습니까. 대한제국의 독립과 한국민의 자유가 이루어지지 않는 한 극동의 평화는 있을 수 없습니다. 우리는 죽음을 무릅쓰고 일본의 잔인하고 비인도적인 침략에 맞설 것입니다. 최후의 한 사람까지 독립과 평화 그리고 자유를 위해 싸울 것입니다. 여러분들이 증인이 되어주십시오. 그리고 진실을 세계에 알려주십시오.

무대가 서서히 암전되면 스크린에 이위종의 연설이 실린 《인디펜던트》지가 떠오른다. 제목은 'A Plea for Korea(한국을 위한 호소)'. 음악이 흐르다 잠시 멈추면 무대 밖에서 일본 재판관이 궐석재판[9]의 판결문을 낭독하는 소리가 들린다.

---

9 피고인이 법정에 출석하지 않은 상태에서 진행되는 재판.

일본 재판관(목소리): 황제의 특사를 사칭한 죄. 피고인 이상
　　　설 사형. 이준과 이위종을 종신형에 처한다.

　다시 음악이 흐르고 스크린이 사라진 자리에 묘비가 세워
져 있다. 그 곁에 서 있는 이위종과 이상설.

이위종: 이준 선생께서 이렇게 급히 돌아가시다니요. 얼마나
　　　분하고 원통하셨으면.

이상설: 독립이 되기 전에는 더 이상 조국에 발을 들일 수 없
　　　으니 우리 신세도 이준 선생과 다르지 않네. 자네나 나
　　　나 이미 사형과 종신형을 받아놓은 처지가 아닌가. 하
　　　지만 이건 어쩌면 또 다른 문이 열린 것인지도 모르네.
　　　우리에게 뒤도 돌아보지 말고 계속 독립을 향해 나아
　　　가라는 계시가 아니면 무엇이겠나.

이위종: 지당하신 말씀입니다. 우리가 가다가 쓰러지면 다른
　　　누군가가, 그리고 그마저 쓰러지면 또 다른 누군가가
　　　뜻을 이어받아 계속 나가지 않겠습니까.

이상설: 그래. 벽이면 어떻고 덫이면 또 어떤가. 우리는 끝내

포기하지 않을 테니. 가세. 뉴욕으로, 블라디보스토크로, 만주로, 상하이로, 하얼빈으로.

이상설의 말이 끝남과 동시에 무대 바닥에 미리 설치되어 있던 문들이 일제히 벌떡 일어선다. 각양각색 디자인의 문에는 저마다 다양한 현판이 걸려 있다. '동의회'[10] '십삼도의군'[11] '성명회'[12] '권업신문'[13] '서전서숙'[14] '명동학교'[15] '신흥무관학교'[16] '대한독립군'[17] 등. 무대에 음악이 흐르고 푸른 조

---

10 1908년 연해주에서 최재형, 이범윤, 안중근 등이 중심이 되어 결성한 항일의병 조직.

11 1910년 러시아 블라디보스토크에서 조직되었던 항일의병부대. 이상설, 유인석, 이남기, 이범윤 등이 주축이 되어 노령 안의 의병 세력을 하나로 통합해 십삼도 의군을 결성하였다.

12 1910년 러시아의 블라디보스토크에서 조직되었던 독립운동단체. 이상설, 유인석 등 십삼도의군을 주도한 인물들이 주축이 되어 결성하였다.

13 1912년, 러시아 블라디보스토크에서 신채호, 김하구 등에 의해 권업회의 기관지로 창간한 신문. 일제의 압력으로 인하여 1914년 9월 발행금지를 당하였다.

14 1906년 만주 용정에 설립되었던 민족교육기관으로 이상설, 여준, 이동녕 등의 애국지사들이 교육을 통한 독립사상의 고취를 위하여 설립하였다.

15 1908년 만주 북간도에 세웠던 민족교육기관으로 서전서숙의 민족교육정신을 계승하여, 김약연의 주도로 화룡현 명동촌에 설립하였다.

16 1919년 5월 3일 만주에 설립되었던 독립군 양성학교. 신흥무관학교의 졸업생들은 서로군정서 의용대, 조선혁명군, 대한독립군, 대한민국 임시정부 한국광복군 등에 참여해 무장 독립운동의 한 축을 차지하며 민족 해방에 크게 기여했다.

17 1919년 만주에서 조직되었던 독립운동단체. 사령관 홍범도를 중심으로 조선총독부 예하 일본군과의 전투에서 큰 전과를 올린 단체다.

명과 붉은 조명이 번갈아 가며 문들을 비춘다. 음악이 잦아들며 무대가 어두워지면 어디선가 세찬 바람 소리가 들린다. 이어 문을 여는 소리. 무대 오른쪽에 조명이 들어오면 테이블 주위에 앉은 세 명의 사내가 보인다. 이위종이 그들 곁에 나타난다. 문에 제일 가까이 앉아 있던 남자가 일어서 이위종을 반갑게 맞아준다.

최재형: 어서 오시오, 이위종 동지. 노보키예프스크까지 오느라 고생이 많았소. 이게 얼마 만이오?

이위종: 네, 정말 오랜만입니다.

최재형: 자, 얼른 안으로 드시오. 이범윤 동지도 함께 있소.

테이블 앞에 앉아 있던 사내가 일어나 두 손을 잡는다.

이위종: 오랜만에 인사드립니다. 그간 잘 지내셨는지요?

이범윤: 그래. 얼마나 고생이 많았나. 헤이그에서의 활약상은 여러 신문을 통해 모두 잘 알고 있네.

두 사람이 잠시 인사를 나눈 뒤 최재형은 이위종을 제일 안쪽에 앉은 남자 앞으로 안내한다.

최재형: 사실 오늘 내가 이위종 동지에게 꼭 소개해주고 싶
    었던 동지가 있소. 자 어서 인사 나누시오.

구석에 앉아 있던 사내가 일어서 손을 내민다.

구석에 앉아 있던 사내: 반갑소. 나 안중근이라 하오.

정지 화면처럼 멈춰 선 사내들. 음악이 흐르며 암전.

***

"그런데 스테드 기자는 왜 기사의 제목을 '축제의 해골'이
라고 쓴 거야?"
연극부실 소파에 비스듬히 앉아 대본을 읽던 기웅이가 물
었다.
"고대 이집트인들은 축제장에 항상 해골을 갖다 놨대. 즐
거운 순간에도 우리는 죽음을 맞이하고 있고 영혼의 세계에
살고 있음을 잊지 말자는 뜻으로. 스테드는 대한제국이 마치
만국평화회의장의 해골 같은 존재라는 의미에서 그렇게 제
목을 지은 것 같아."
"흠, 외교권을 잃었고, 국민은 괴롭힘을 당하며, 영토는 수

탈당하고 있었으니. 국가가 정말 해골만 남은 것과 마찬가지였겠네."

옆에서 듣던 은서가 짧게 한숨을 쉬며 말했다. 그러곤 이름표를 꺼내 또박또박 적어나갔다.

'헤이그 특사 이준', '헤이그 특사 이상설', '헤이그 특사 이위종', '연해주 독립운동의 대부 최재형', '대한의군 총독 이범윤'

그리고 그다음 이름 앞에서 감정이 북받친 듯 잠시 머뭇거리다 이내 적어 내려가기 시작했다.

'대한의군 참모중장 안중근'

2부

우리는 특별한 밤을 보게 될 거야

6

뚜벅뚜벅. 복도에서 들리는 발소리가 멀어질 때까지 나는 숨죽이고 있었다. 아직 밤 열두 시가 안 됐으니 기옥은 아닐 것이다. 나는 책상에 누워 복도 벽 가까이에 귀를 댔다. 발소리는 사라졌지만 어디선가 아주 작게 웅성거리는 소리가 들렸다. 이게 무슨 소리지? 가깝지도 멀지도 않은 곳에서 들리는 익숙한 소리. 언젠가 교실에 혼자 남아 있던 체육 시간을 떠올리게 하는 아득하고도 애틋한 소음들. 혹시 이게 말로만 듣던 벽의 숨소리일까. 하루 종일 교실에서 나는 시끄러운 소리들이 벽에 흡수되었다가, 밤이 되면 조금씩 흘러나온다는 얘기를 들은 적이 있다. 아이들이 모두 돌아간 텅 빈 학교에 소리만이 남아 떠돌고 있다는 것이다. 나는 괜히 더 으스스해져서 침낭을 머리끝까지 당겨 덮었다. 이틀 연속 학교에서 밤을 보내는 건 역시 무리일까.

이 와중에 잠이 쏟아졌다. 하지만 오늘 밤에 꼭 해야 할 일이 있는데. 나는 숙제를 하다 잠에 취한 아이처럼 침낭 속에서 뒤척였다. 그때 어디선가 맞춰놓은 적 없는 알람이 울렸다. 댕, 댕, 댕. 괘종시계는 오늘도 선잠 사이로 스며들어 내 몸을 일으켰다.

교실엔 여전히 어둠이 가득했지만 그새 뭔가가 달라져 있었다. 뭐랄까. 교실이 바다 위에 떠 있기라도 한 것처럼 조금씩 흔들리는 느낌이랄까. 멀미가 나듯 속이 울렁거려 나는 팔로 벽을 짚었다. 그러자 배가 기울듯 몸이 살짝 기우는가 싶더니 복도 저편에서 작고 이상한 소음들이 들려왔다. 발을 구르고, 조곤조곤 대화를 나누고, 폭죽을 쏘는 소리. 아니 총소리인가. 벽의 숨소리와는 확연히 달랐다. 소리가 뭉쳐 있어 확실하게 알 수는 없지만 이건 평소 학교에서 나는 소음들이 아니었다. 그러고 보니 달라진 건 소음뿐이 아니다. 복도에서 빛이, 마치 오로라와 같은 빛이 일렁이며 교실로 흘러들고 있었다. 그 순간 나는 직감했다. 내가 다시 어제의 세계에 돌아왔음을.

나는 빛에 이끌리듯 복도로 나갔다. 복도는 조금 전 검은 모자가 지나간 그 어둠의 복도가 아니었다. 짙은 어둠으로 더욱 깊어진 복도를 따라 교실들이 끝없이 늘어서 있었는데 창문마다 환한 빛이 쏟아져 나오고 있었다.

이게 대체 어떻게 된 거지? 나는 바로 옆의 2반 교실 창문으로 다가갔다. 어둠에 익숙해져 있던 눈이 시렸다. 하지만 내가 소매로 몇 번이나 눈가를 훔친 건 단지 눈이 시려서가 아니다. 도저히 믿기지 않는 풍경 앞에 자꾸 눈물이 차올랐기 때문이다.

복도 창 너머로 들여다본 교실은 더 이상 교실이 아니었다. 그곳에는 넓은 평원이 펼쳐져 있었고 한가운데에 거대한 돌산이 자리를 잡고 있었다. 그 크기가 하도 커서 산 중턱의 나무들이 돌 틈새의 이끼처럼 보일 정도였다. 여기는 대체 어디지? 왜 교실 안에 이런 풍경이 펼쳐져 있는 것일까. 고개를 갸웃하며 자세히 들여다보니 돌산의 깎아지른 듯한 절벽 아래로 두 명의 소년이 보였다. 머리가 짧은 소년은 작은 바위에 걸터앉아 책을 읽고 있었고, 안경 쓴 소년은 돌산을 향해 가볍게 돌을 던지고 있었다. 혹시 우리 학교 학생들은 아닌가 했지만 아무래도 고등학생보다는 좀 더 어려 보였다. 머리가 짧은 소년은 책을 소리 내서 읽고 있었다. 소년들과 나의 거리는 대략 50미터 정도. 그런데 신기하게도 귀를 기울이자 소년들의 말을 알아들을 수 있었다.

"어머님, 우리가 천번 만번 기도를 올리기로서니 굳게 닫힌 감옥 문이 저절로 열릴 리는 없겠지요. 우리가 아무리 목을 놓아 울며 부르짖어도 크나큰 소원이 하루아침에 이루어질 리도 없겠지요. 그러나 마음을 합하는 것처럼 큰 힘은 없습니다. 한데 뭉쳐 행동을 같이하는 것처럼 무서운 것은 없습니다. 우리들은 언제나 그 큰 힘을 믿고 있습니다. 세상을 같이할 것을 누구나 맹세하고 있으니까요. 그러기에 어린 저까지도 이러한 고초를 그다지 괴로워하여 하소연해본 적이 없습니다. 어머님! 어머님께서는 조금도 저를 위하여 근심하지 마십시오. 지금 대한에는 우리 어머님 같으신 어머니가 몇천 분이요, 또 몇만 분이나 계시지 않습니까? 그리고 어머님께서도 이 땅에 이슬을 받고 자라나신 공로 많고 소중한 따님의 한 분이시고. 저는 어머님보다도 더 크신 어머님을 위하여, 한 몸을 바치려는 영광스러운 이 땅의 사나이외다."

책을 든 소년이 여기까지 읽고는 안경 쓴 소년에게 말했다.

"심훈 선생이 어머님께 쓴 편지야. 경성고등보통학교 재학 중 3.1운동에 참가했다가 일경에 체포되었대."

"그렇구나. 가슴이 뜨거워지는 글이다."

안경소년이 힘껏 돌을 던지고는 말했다.

"동주야, 그런데 웬일이냐. 네가 오늘은 시가 아니라 산문을 다 읽고."

"이제 곧 명동촌을 떠나야 하니까. 우리도 고등보통학교에 가면 심훈 선생처럼 용기 있고 멋진 청년이 될 수 있을까 하고."

"물론이지. 그리고 넌 심훈 선생처럼 근사한 시인도 될 수 있을걸."

안경소년이 나뭇가지를 집어 들며 책소년을 향해 미소를 지었다. 그러곤 날카로운 눈매로 돌산을 쏘아보며 말했다.

"여기만 오면 난 자꾸 흥분돼."

"그게 무슨 말이야?"

책소년이 엉덩이를 털고 자리에서 일어나며 물었다.

"예전에 말이야."

안경소년이 나뭇가지를 권총처럼 쥐고는 돌산을 향해 겨눴다.

"여기서 사격 연습을 하곤 했다는…."

소년이 검지를 방아쇠처럼 튀어나온 나뭇가지의 갈라진 틈에 걸었다.

"안중근 장군처럼 말이야."

소년의 손목이 격발의 반동에 튀어 오르듯 꺾이며 몸이 살짝 흔들렸다.

"난 좀 더 큰일을 도모해보고 싶어."

조준선 너머에서 새 몇 마리가 푸드덕 날아올랐다.

"어때, 그날이 오면 너도 함께할래?"

책소년의 얼굴에 미소가 번졌다. 안중근 의사가 사격 연습을 했다는 마을. 설마 저 소년이 윤동주 시인일까? 그렇다면 안경소년은?

그 순간 3반 교실에서 불이 번쩍였다. 마른번개라도 치듯 푸른 불빛이 연이어 번쩍이고 있었다. 이건 또 뭐지? 나는 허리를 숙인 채 3반 창문 앞으로 갔다. 교실 안에는 너른 야산이 펼쳐져 있었다. 곳곳에서 산발적인 총격전과 추격전이 벌어지고 있었는데, 의병으로 보이는 군인들이 일본군의 뒤를 쫓고 있었다. 그리고 야트막한 산 중턱에 손을 뒤로 묶인 채 무릎 꿇린 세 명의 포로가 보였다. 나는 그 앞에서 논쟁을 벌이고 있는 장교들의 대화에 귀를 기울였다.

"안 중장, 이들을 풀어주라니 그게 무슨 말이오?"

"우리의 목적은 전투에서 승리하는 것이지, 일본군을 죽이는 것이 아니오."

"하지만 그 둘은 같은 것이잖소."

"그렇지 않소. 그 둘은 엄연히 다른 것이오. 우리는 파괴와 죽음이 아니라 평화와 공존을 위한 전쟁을 치르는 중이오. 그러니 그저 전쟁에 끌려 나왔을 뿐인 포로의 신병 처리에 관해서는 국제법을 따르도록 하겠소."

따지듯 묻는 장교에게 단호하게 답하는 저 사내. 검게 그

을린 얼굴과 날카로운 눈매. 그리고 짙은 콧수염. 나는 한눈에 알아볼 수 있었다. 그동안 교과서와 텔레비전에서 수없이 봐온 얼굴. 안중근 의사다.

"이 포로들을 풀어주면 우리가 위험에 노출될 수도 있는데, 그것마저 감수하겠다는 말이오?"

"그렇소. 설령 그렇게 된다 해도 만국공법을 지키는 것. 그것만이 이 야만의 전쟁에서 우리가 의로운 승리를 할 수 있는 유일한 길이라 나는 믿소."

힘들게 잡은 포로들을 풀어주다니. 더구나 조국을 강제로 빼앗기고 외국에서 힘겹게 싸우고 있는 의병들이. 알면 알수록, 생각하면 생각할수록 놀라운 일들의 연속이었다. 그런데 왜 이런 장면들이 한밤중 교실에서 펼쳐지고 있는 것일까. 문득 낮에 기웅이가 말한 영화가 떠올랐다. 4차원의 새로운 공간. 혹시 밤의 교실들이 시공간을 넘어서 내게 어떤 메시지를 보내는 것은 아닐까? 나는 눈을 더 동그랗게 뜨고 다음 교실을 들여다보기로 했다.

이번엔 기와를 얹은 2층 한옥이다. 천연 요새처럼 웅장한 건물. 큼지막하게 창을 낸 2층에는 태극기가 걸려 있다. 이곳은 어디일까. 건물만 봐서는 도저히 모르겠다고 생각했을 때 교복을 입은 학생들이 건물 밖으로 나오기 시작했다. 그제야 출입구 옆에 붙은 작은 현판이 눈에 들어왔다. 대성학교. 어디선가 들어본 이름인데. 혹시 이 학교도 안중근 의사와 관련이 있는 것일까. 갑자기 건물 안이 소란스러워지기 시작했다. 그러고 보니 일상적인 학교 풍경과는 다르다. 무언가에 떠밀리듯 밖으로 나온 학생들이 발만 동동 구르고 있었다. 건물 전체에 흐르던 소란과 웅성거림, 울음소리들이 모여 곡소리처럼 울려 퍼졌다. 곧이어 긴 칼을 찬 헌병 대장 뒤로 양복 입은 사내들이 줄줄이 끌려 나왔다. 사내들은 모두 동아줄로 결박되어 있었다. 선생님들을 모두 체포해가는 것일까. 그때 맨 앞에서 끌려 나온 사내가 걸음을 멈추고 항의했다.

"이게 대체 무슨 짓들이오."

그 목소리가 하도 준엄해서 헌병들에게 호통을 치는 것처럼 들렸다. 그러자 뒤돌아선 헌병 대장이 부관에게 뭔가를 가져오라고 손짓했다. 부관이 가져온 것은 회색 코트였다. 헌병 대장은 코트 안주머니에 손을 넣더니 하얀 종이를 꺼내 흔들며 말했다.

"안창호 선생. 이 일정표에 대해 우리에게 설명해야 할 거요. 당신이 왜 여기를 가고자 했는지."

나는 고개를 깊숙이 들이밀고 일정표를 들여다봤다. 이번에도 역시 듣고자 하면 들렸고, 보고자 하면 보였다. 일정표에 적혀 있는 목적지의 이름을 확인하는 순간 나도 모르게 탄식을 내뱉고 말았다. 그러자 안창호 선생과 헌병 대장이 동시에 내가 서 있는 쪽을 돌아봤다. 나는 급히 고개를 숙이고 창가를 벗어났다.

복도의 모퉁이를 돌아 5반 교실을 보려던 나는 걸음을 멈출 수밖에 없었다. 누군가 교실 창문 안에 몸을 반쯤 걸친 채 매달려 있었기 때문이다. 상체는 창문 안으로 들어가 있어 보이지 않았지만 얼굴을 확인할 필요도 없었다. 그의 허리에 긴 칼이 매달려 있었으니까. 나는 복도의 어둠 속에 몸을 숨겼다. 그리고 5반 창문 너머에서 들리는 소리에 귀를 기울였다. 공포와 절망이 뒤섞인 신음 소리, 비명을 내지를 수조차 없는 고통 속에서 그저 위태롭게 끊어질 듯 가느다란 숨소리가 간신히 창문 턱을 넘고 있었다. 누군가 고문을 당하고 있구나. 들여다보지 않아도 창문 너머의 풍경을 짐작할 수 있었다. 그리고 들려오는 괴상한 웃음소리. 으흐흐흐. 입안에서 혀가 아니라 뱀이 꿈틀대는 듯 불쾌한 웃음소리가 복도를 메우기 시작했다. 난간을 짚은 검은 모자가 두 팔과 몸통을 경련하듯 떨며 웃고 있었다.

나는 살금살금 복도를 벗어나 계단으로 향했다. 가슴 깊은 곳에서부터 분노가 치밀었다. 하지만 그럴수록 감정을 억제

하고 상황을 냉정하게 바라보려 애썼다. 나는 안창호 선생의 코트에서 나온 일정표를 떠올렸다. 안창호 선생이 거길 왜 가려고 했던 것일까. 그러고 보니 안중근 의사의 거사 이후 많은 독립운동가들이 배후로 지목돼 모진 고초를 겪었다는 이야기를 들은 적이 있다. 안창호 선생도 그중 한 분이셨던 걸까. 계단을 뛰어 내려가는 머릿속이 복잡했다. 시간이 얼마나 지났을까. 설마 늦은 건 아니겠지? 아까 괘종시계 소리를 듣자마자 바로 달려갔어야 했는데. 나는 서둘러 현관 밖으로 뛰어나갔다. 안창호 선생이 기차를 타고 급히 가고자 했던 곳, 그리고 어젯밤 기옥이 달려간 곳, 하얼빈으로.

둥지에서 내려다본 저수지 입구는 여전히 러시아 병사들이 지키고 있었다. 섣부르게 움직였다가는 어제처럼 포위를 당할 수 있기에 나는 최대한 조심조심 발걸음을 옮겼다. 다행히 아래쪽에서 별다른 기척은 없었다. 둥지에서 저수지까지 빠른 걸음으로 내려간다면 십 분도 안 걸릴 것이다. 하지만 수풀이 우거진 길로 내려가는 게 처음인 데다, 사방이 어둡고 소리까지 신경 써야 해서 당최 속도가 나질 않았다. 이토 히로부미를 실은 기차보다 먼저 하얼빈역에 도착해야 하는데. 다급한 마음에 서두르다 튀어나온 나무뿌리에 발이 걸리고 말았다. 나는 급하게 앞으로 쏠리는 몸을 지탱하려 손에 닿는 아무 가지나 잡아당겼다. 하지만 가지는 썩은 동아줄처럼 맥없이 끊어졌다. 아뿔싸. 나는 수풀 속에 철퍼덕 넘어지고 말았다. 아픈 건 둘째치고 이 소리를 어쩔 것인가. 나는 까진 무릎을 부여잡고 간신히 일어나 러시아 병사들의 동태를 살폈다. 병사들이 초소 밖으로 나와 주변을 두리번거리고 있었다. 그중 한 명이 내 쪽을 가리키며 뭐라고 소리쳤다. 그러더니 병사들이 내 쪽으로 성큼성큼 걸어오기 시작했다. 나는 머리를 숙이고 주머니 속의 십자가를 확인했다. 십자가는 역시 권총으로 변해 있었다. 이렇게 된 이상 방법은 하나뿐이다. 나는 권총의 안전장치를 풀었다. 이 권총의 기종은 브라우닝 M1900. 사용법은 유튜브에서 배웠다.

나뭇가지 부러지는 소리와 둔탁한 군홧발 소리가 점차 가까워졌다. 어떻게 할까. 내가 먼저 공격할까. 아니면 총알 세례를 받더라도 일단 뛰어볼까. 어차피 이곳의 지리는 내가 더 익숙하니까. 하지만 그러다 정말 총을 맞기라도 하면. 이러지도 저러지도 못하고 있을 때 어디선가 싸리나무 빗자루로 비질을 하듯 거칠게 바닥을 쓰는 소리가 들렸다. 동시에 군홧발 소리가 멈췄다. 고개를 들어보니 러시아 병사들도 소리가 나는 방향을 돌아보고 있었다. 버드나무! 물가의 버드나무들이 일제히 가지를 늘어뜨린 채 몸을 좌우로 흔들어대고 있었다. 곧이어 풀벌레와 개구리 울음소리가 울려 퍼졌다.

소리라기보다는 몸부림에 가까운, 온몸을 전부 사용해 울어대는 소리다. 지금이야. 나는 이때를 틈타 아래쪽으로 내달렸다. 이 정도 소리라면 내 발소리가 완전히 묻힐 것이다. 정신없이 내달려 저수지에 도착하니 이마엔 어느새 땀방울이 맺혀 있었다. 잠깐, 그런데 아까 바람이 불었던가. 뛰는데 정신이 팔려 바람까지 신경 쓸 겨를은 없었지만 나뭇가지가 흔들릴 정도로 바람이 불지 않은 것만은 확실하다. 그렇다면 버드나무 가지는 어떻게 흔들렸던 것일까? 나는 저수지 앞에 서서 이제는 하늘을 향해 가지를 치켜든 버드나무를 올려다봤다. 버드나무는 아무 일 없었다는 듯 무성한 잎을 펼쳐 나를 그림자 속에 숨겨주었다.

기묘한 밤이다. 이 모든 게 단지 꿈일 수도 있지만 나에겐 영원히 잊지 못할 순간이다. 저수지를 어떻게 건널 것인지 아무런 방책이 없음에도 불구하고 이상하게 별로 걱정되는 게 없었다. 뭐랄까. 이건 마치 믿음직한 누군가와 함께 있는 기분, 정확히 말하자면 누군가와 함께 싸우고 있는 기분이었다. 사실은 어제부터 그랬다. 안중근 의사가 혼자가 아니었다는 것을 알게 된 후부터. 아니 어쩌면 밤의 교실에서 기옥을 처음 본 순간부터. 혼자가 아니라는 느낌. 그게 중요했다. 누군가 지금 이 순간에도 우리를 위해 싸우고 있다고 생각하면 두려움이 사라졌다. 러시아 병사들의 발소리가 가까워지는 그 순간조차. 나는 저수지로 뛰어들기 위해 신발 끈을 조여 맸다. 그때 저수지 저편에서 나룻배 하나가 물안개를 헤치며 내 쪽으로 다가왔다.

사공은 얼굴이 길고 턱이 뾰족했다. 조금 과장되게 말하자면 초승달이 내려와 노를 저어주는 것만 같았다. 사공은 내가 목적지를 말하기도 전에 아주 익숙한 몸놀림으로 안개 자욱한 저수지를 가로지르기 시작했다. 그는 나이가 많아 보였지만 어둠 속에서도 어깨와 팔의 팽팽하게 당겨진 근육이 보였다. 왼쪽 어깨부터 허리까지는 메신저 백을 메듯 보자기를 두르고 있었는데 뱃삯을 모아두는 가방 같았다.

"저, 죄송한데요. 제가 지갑을 교실에 두고 와서요."

사공이 나를 힐끗 돌아봤다. 그러곤 다시 아무 말 없이 긴 노를 저었다.

"뱃삯이 없는데 배를 타도 괜찮을까요?"

"뱃삯은 이미 받았어."

나를 돌아보지도 않은 채 사공은 알 듯 모를 듯 한 말을 했다. 뱃삯을 받았다니. 누구에게? 나는 되묻고 싶었지만 사공은 뱃고물에 허리를 펴고 선 채로 나지막이 노래를 부르기 시작했다.

서북으로 흑룡 태원 남의 영절에

여러 만만 헌원 자손 업어 기르고

동해 섬 중 어린 것들 품에다 품어

젖 먹여준 이가 뉘뇨

우리 우리 배달 나라의

우리 우리 조상들이라

그네 가슴 끓는 피가 우리 핏줄에

좔좔좔 결치며 돈다

노래를 마친 사공이 내 쪽을 돌아봤다. 어딘지 모르게 평온하고 또 어딘지 모르게 우수에 젖은 듯한 표정이었다. 그는 나를 돌아보았지만 어쩐지 내 영혼 안쪽 깊이, 혹은 내 뒤의 먼 곳도 함께 바라보고 있는 것 같았다.

"어린 친구들을 이 배에 태워 두만강을 건네주면, 머지않아 건장한 청년이 되어 다시 돌아오곤 했지. 조국을 되찾으러 간다며 다들 부르던 노래야."

목소리는 분명히 들리는데 사공의 입은 조금도 움직이지 않았다. 나는 놀란 마음을 감추며 물었다.

"그럼 그 노래는 군가인가요?"

"아니. 교가야. 그들은 신흥무관학교 졸업생들이었지."

사공은 노를 저으며 잠시 저수지 입구 쪽을 바라봤다. 나룻배가 금세 안갯속으로 들어가 러시아 병사들이 보이지 않았다. 그쪽에서도 마찬가지일 것이다.

"너는 하얼빈으로 가는 거지?"

"네. 하얼빈역에 어떻게 가는지 아시나요?"

"알고말고. 조금 전에도 근처에 데려다줬으니까."

"조금 전이요? 혹시 안경 쓰고 머리 짧은 여학생이었나요?"

"아니."

사공이 고개를 저었다.

"한 명이 아니야. 둘이었어."

둘? 기옥이 아니다. 기옥과 나 말고 저수지를 건너간 사람이 또 있다. 두 사람이나. 그게 누굴까 생각하는 사이 뱃머리 너머로 저수지 건너편이 보이기 시작했다.

"그럼 제 뱃삯을 냈다는 게 그 두 사람인가요?"

사공이 이번에도 고개를 저으며 말했다.

"아주 오래전에 말이야. 어르신 한 분을 태우고 두만강을 건넌 적이 있어. 어르신은 강을 건너는 내내 별다른 말씀이 없으셨지. 그런데 참 희한하지. 가만히 앉아만 계시는데도 어딘가 모르게 위엄이 느껴지는 그런 분이셨거든. 떠나온 길을 돌아볼 때는 우수에 젖은 눈빛이 한없이 어두워졌다가도, 가야 할 길을 내다볼 때는 결의에 찬 듯 금세 눈가에서 반짝반짝 빛이 났지. 뭔가를 꿰뚫어 보는 듯, 결국에는 훤히 보고 있다는 듯이. 그 눈빛과 마주칠 때마다 나는 소스라치게 놀라서 노를 놓칠까 봐 더 꽉 움켜쥐어야만 했어. 그런데 말이야. 배가 강을 다 건넌 다음에 그 어르신이 갑자기 내 손을 잡으며 이렇게 말씀하시는 거야. 내 자네에게 부탁 좀 하세. 그러면서 건네주신 뱃삯은 강을 몇 번 건너는 정도가 아니라 아예 배 여러 척을 사고도 남을 만큼 큰돈이었어. 아니, 어르신. 이건 뱃삯으로는 너무 과한데요. 아니 그렇지 않을 게야. 자네가 나를, 아니 우리 조선을 좀 도와줘야겠네. 앞으로 많은 조선인들이 독립운동을 하기 위해 이 강을 건널 거야. 그때 자네가 그들을 도와줄 수 있겠나. 행여나 그들이 뱃삯을 가지고 있지 않더라도 말이야. 그들을 나라고 생각하고 자네가 꼭 좀 도와주게."

사공은 나를 돌아보며 말없이 미소 지었다.

"그럼 혹시 제가 선생님 존함이라도 알 수 있을까요?"

배가 물가에 가 닿으며 살짝 흔들렸다. 저수지 건너편은 어느새 안개가 걷혀 있었다.

"우당 이회영 선생. 그 어르신의 함자라네. 어떤 이름은 그 자체로 길이 되지. 그런 이름들을 많이 기억해두는 게 좋을 거야."

사공은 끝내 자신의 이름은 알려주지 않은 채 다시 안갯속으로 사라지며 말했다.

"이 숲을 넘어가면 하얼빈역을 금방 찾을 수 있을 거야. 처음 가는 길이어도 젊은이에겐 아주 익숙한 길일 테니까."

나는 숲을 통과하고 나서야 사공의 말을 이해했다. 초행이면서 동시에 낯익은 길. 이제 보니 그건 당연한 말이었다. 숲 너머에 있는 것은 바로 학교였으니까. 나는 데칼코마니의 왼쪽에서 오른쪽으로 건너가듯이 다시 학교로 돌아온 것이다. 그래, 학교가 윤동주 시인이 유년을 보낸 북간도 명동촌이자, 안중근 의사가 의병 활동을 한 연해주, 안창호 선생이 학교를 세운 평양이 될 수 있다면 하얼빈이 되지 말라는 법도 없겠지. 교정 곳곳에는 역시 1909년 당시 러시아의 조차지[18]답게 러시아 병사들이 삼삼오오 이동하는 게 보였다. 아까 저수지로 달려갈 때는 보지 못한 병사들이었다. 그러니까 나는 제자리로 돌아왔지만 아까의 그 자리는 아닌 것이다. 이걸 어떻게 설명할 수 있을까. 나도 잘 모르겠다. 다만 한 가지는 확실하다. 학교에서 밤을 보낸 이후 나는 더 이상 이전의 내가 아니라는 것. 이전의 나로는 영원히 돌아갈 수 없게 되었다는 것.

---

18 한 나라가 다른 나라로부터 빌려 통치하는 영토. 1896년 러시아는 청나라와 '중러밀약'을 체결하고 동청철도를 건설했다. 이후 철도 보호와 관리의 명목으로 하얼빈 주변에 군대와 거주 구역을 설치했다. 안중근 의사가 이토 히로부미를 저격한 1909년 당시에도 하얼빈의 영토권은 중국에 속해 있었으나, 통치권은 러시아가 갖고 있었다.

나는 주머니 속의 권총을 다시 한번 확인했다. 그리고 거리를 지나는 사람들 틈에 섞여 교정을 가로질렀다. 하얼빈역이 어디에 있을까. 우선 다시 2학년 교실 쪽으로 가보는 게 좋을 듯했다.

현관을 막 들어서는데 노파 한 분이 계단을 힘겹게 오르고 있는 게 보였다. 행색으로 보아 걸인 같았다. 나는 얼른 달려가 노파의 한쪽 팔을 부축했다. 그러자 노파가 급히 팔을 빼며 매서운 눈빛으로 나를 쏘아보았다. 깜짝 놀란 나는 한걸음 물러서다 하마터면 계단 아래로 굴러떨어질 뻔했다. 그러나 나는 노파가 도움을 원치 않는 이유를, 아니 사실은 나로 인해 사람들의 눈에 띨까 봐 불안해하고 있다는 사실을 금세 눈치챌 수 있었다. 노파가 허리를 펴며 팔을 뺄 때 벌어진 외투 자락 속으로 군복이 언뜻 보였기 때문이다. 나를 쏘아보던 날카로운 눈빛 또한 걸인의 것은 아니었다. 이유는 모르겠지만 노파는 걸인으로 변장한 게 분명했다. 그렇다면 그녀는 누굴까. 그녀는 또 어떤 목적으로 하얼빈에 스며든 것일까. 궁금했지만 더 이상 지체할 수는 없었다.

나는 노파를 뒤로하고 서둘러 계단을 오르다 슬쩍 뒤를 돌아봤다. 난간을 짚은 노파의 왼손 네 번째 손가락이 유독 짧아 보였다. 역시 심상치 않은 인물이다. 시간이 있다면 그녀를 몰래 따라가볼 텐데. 하지만 그럴 수는 없었다.

그때 갑자기 지진이라도 난 것처럼 건물 전체가 요동치기 시작했기 때문이다. 거센 기적 소리와 함께.

나는 소리가 나는 방향으로 달려갔다. 이 층이다. 열차 소리가 멈춘 곳은 유독 환한 빛이 쏟아져 나오는 2학년 8반 교실 부근이었다. 나는 얼른 8반 교실로 들어갔다. 예상대로 교실 안은 기차역으로 변해 있었다. 역구내에 길게 도열한 러시아 병사들 너머로 검은색 특별열차 한 대가 서 있는 게 보였다. 이런, 한발 늦었다. 기차보다 먼저 도착해서 안중근 의사의 도주로를 확보해놨어야 했는데. 나는 역내로 들어서며 주변을 살폈다. 역내 광장에서 일장기를 나눠주기에 하나를 받아 쥐었다. 역시나 예상하였듯 경비는 삼엄하여 수차례 검문도 당하였지만 나를 일본인 학생이라 생각했는지 별다른 제지는 받지 않았다. 덕분에 쉽게 환영 인파 사이를 비집고 들어갈 수 있었다. 안중근 의사는 지금 어디에 있을까. 그리고 기욱은? 아무리 주위를 둘러봐도 모두 낯선 얼굴들뿐이었다. 이토 히로부미는 마중 나온 러시아 인사와 환담하는지 아직 기차 밖으로 나오지 않았다.

나는 두꺼운 코트와 방한모를 눌러쓴 러시아 병사들 뒤에서 의장대가 사열을 준비하는 모습을 지켜봤다. 간밤에 눈이 내려 바닥이 미끄러웠다. 몇몇 군인들은 군화 뒤꿈치로 살얼음을 깨고 모래를 긁어모아 바닥을 다지고 있었다. 언제부터 준비하고 있었는지 모르겠지만 오늘의 환영식이 러시아 군인들한테는 그저 지루한 행사에 지나지 않는 듯 보였다. 반면 열심히 일장기를 흔들고 있는 일본인들의 얼굴은 붉게 상기되어 있었다. 지금 이곳에 비장한 마음으로 서 있는 이는 아마도 조선인뿐이지 않을까. 누군가에겐 나라를 빼앗아 간 원수가 또 다른 누군가에겐 영웅이 되어 열렬한 환영을 받는 아이러니. 그 둘 사이에서 무심한 표정의 러시아 군악대가 연주를 시작했다. 그러자 뒤에 서 있던 환영객들이 흥분한 듯 등을 떠밀며 함성을 질러댔다. 그 소리가 하도 커서 나는 귀를 막고 뒤를 돌아보았다. 대합실 찻집에서 나온 검은색 코트의 사내가 빠르게 이동하는 게 보였다. 모자를 푹 눌러쓰고 있었지만 결의에 찬 눈빛까지 감출 수는 없었다. 안중근 의사다. 나는 눈으로 그를 쫓았다.

안중근 의사는 이토 히로부미가 의장대 사열을 받고 이동하는 예상 경로를 따라 빠르게 이동해 자리를 잡았다. 나 또한 상황에 따라 그를 돕기 위해 최대한 가까운 곳으로 이동했다. 이토 히로부미가 서 있는 쪽으로 환영객이 몰려 쉽지는 않았다. 그러나 환영객들을 힘껏 밀치고 벌어진 틈 사이로 몸을 구겨 넣으며 안중근 의사의 얼굴이 또렷하게 보이는 지점까지 왔을 때, 마침 이토 히로부미 일행이 안중근 의사 앞을 지나가고 있었다. 그 순간 나는 안중근 의사의 눈빛이 살짝 흔들리는 것을 봤다. 아주 잠깐이지만 안중근 의사의 얼굴에 당혹스러운 빛이 스쳤다. 모르는구나. 이토 히로부미의 얼굴을 몰라. 안중근 의사는 이토 히로부미의 얼굴을 본 적이 없는 것이다. 생각이 여기에 미치자 나는 본능적으로 내 앞의 환영객을 밀치고 뛰쳐나가 소리쳤다.

"이토 히로부미!"

군악대와 환영 인파의 함성에 묻힐세라 나는 다시 한번 목이 터져라 외쳤다.

"이토 히로부미!!"

그러자 맨 앞에서 걸어가던 흰 수염의 노신사가 뒤를 돌아다보았다. 동시에 들려온 세 발의 총성. 탕. 탕. 탕. 그 소리를 따라 나도 총을 꺼내려는데 순간 누군가 뒤에서 내 어깨를 잡아챘다. 양쪽 어깨를 다 잡아채는 바람에 나는 뒤로 날아가듯 공중에 붕 떴다가 바닥으로 곤두박질쳤다. 탕, 탕, 탕, 탕. 다시 네 발의 총소리. 6초라는 짧은 시간에 하얼빈역은 아수라장으로 변했다. 다행히 나는 크게 다치지 않았다. 내가 바닥에 떨어질 때 누군가 내 등을 받쳐준 덕분이다. 그게 누굴까. 얼굴을 확인하기도 전에 그는 사라져버렸다. 나는 누운 채로 주변을 살폈다. 그때 러시아 경비병들이 몰려간 방향에서 우렁찬 소리가 들렸다.

"코레아 우라! 코레아 우라!"[19]

일본 군인들도, 러시아 경비병들도 결박할 수 없는 그 외침이 하얼빈역 광장을 울리며 흐린 하늘 위로 뻗어나가고 있었다. 아, 성공했구나. 극도로 긴장했던 탓인지 안도와 피로가 동시에 몰려오면서 눈앞이 뿌옇게 흐려졌다. 하지만 나를 내려다보는 두 사람의 얼굴만은 분명히 알아볼 수 있었다.

"너, 너희가 어떻게…."

---

19 러시아어로 '대한독립 만세'라는 뜻.

7

눈을 뜨니 기웅이가 근심 어린 표정으로 나를 내려다보고 있었다. 아, 역시 꿈이었구나. 녀석의 얼굴을 보는 순간 안도의 한숨이 절로 새어 나왔다.

"어때? 정신이 좀 들어?"

"으응, 근데 이게 무슨 냄새야?"

어디선가 곰팡내가 훅 끼쳐왔다. 내가 연극부실에서 잠이 들었었나? 하지만 곰팡내의 농도가 연극부실보다 훨씬 짙었다.

"냄새가 좀 나지? 그래도 겨울이라 이 정도래. 여름에는 정말 숨쉬기도 힘들대."

"무슨 소리야?"

나는 눈을 비비며 몸을 살짝 일으켰다. 그제야 기웅이 너머에서 수인복을 입고 있는 사람들과 굳게 닫힌 철문이 눈에 들어왔다.

"여기가 어디야?"

"어디 같아?"

"설마… 우리가 감옥에는 왜?"

"왜긴 왜야? 너 때문이지. 네가 거기서 그렇게 소리 지르는 바람에 우리까지 전부 붙잡혀 왔잖아. 대체 소리는 왜 지른 거야?"

기웅이가 핀잔을 주며 물었다. 얼음장 같은 감옥 안 냉기로 코끝이 시렸다.

"그, 그게 안중근 의사가 이토 히로부미의 얼굴을 모르는 거 같았어. 그래서 도움을 주려고 하다가 나도 모르게 그만."

"안중근 의사가 이토의 얼굴을 몰랐다고?"

기웅이가 눈을 동그랗게 뜨고 큰 소리로 반문했다. 그러자 옆자리에서 흠, 흠 하고 헛기침 소리가 들렸다. 나는 몸을 마저 일으켜 벽에 등을 기댔다. 밤새 추위에 시달린 탓인지 온몸이 쿡쿡 쑤셨다.

"말도 안 돼. 얼굴도 모르면서 어떻게 거사를 계획했겠어?"

"이보게, 젊은 친구들."

기웅이 옆에서 헛기침하던 어르신이 우리를 보며 말했다.

"여기 있는 사람 중에서 이토의 얼굴을 아는 사람은 아마 한 사람도 없을 걸세. 본 적이 없을 테니까. 어디에서도."

"본 적이 없어요? 신문이나 잡지에서도?"

"몇 년 전에 이토 히로부미가 기차를 타고 가다가 분노한 시민의 돌팔매에 호되게 당한 적이 있었다네. 아마 을사늑약이 체결되고 얼마 되지 않았을 때일 거야. 그 일이 있고 나서부터는 자신의 얼굴을 신문에 절대로 못 싣게 했다는 얘기가 있어. 조선인들의 분노가 두려웠던 모양이지. 그래서인지 신문에 실린 이토 히로부미의 사진은 모두 다 멀리서 찍은 모습들 뿐이라네."

나는 어제 하얼빈역에서 본 안중근 의사를 떠올렸다. 이토 히로부미에게 세 발을 명중시킨 뒤 들려온 네 발의 총소리.

"어제 안중근 의사의 총에 몇 명이 쓰러진 거지?"

기웅이가 손가락을 하나씩 접으며 말했다.

"이토 히로부미 외에도 세 명의 수행원이 더 쓰러졌다고 들었어. 하얼빈 주재 총영사관의 총영사를 비롯해, 남만주 철도주식회사의 이사 한 명하고, 수행비서까지. 나머지 한 발은 남만주 철도주식회사 총재의 외투를 뚫고 지나갔대."

"그렇구나. 안중근 의사는 최대한 가까운 거리까지 다가갔어. 그렇게 가까이 가면 거사의 성공 확률은 높아지지만 달아날 가능성은 계속 줄어드는데. 안중근 의사는 이토를 쏘고 나서도 달아나기는커녕 혹시 지금 눈앞에 쓰러진 자가 이토가 아닐 경우를 대비하고 계셨던 거야."

나는 눈을 감았다. 감은 눈 속에 하얼빈역에서의 장면들이

다시 한번 스쳐 지나갔다.

"참, 그런데 너희들은 어떻게 된 거야? 너는 아까 집에 간다고 하지 않았어? 그리고 은서는?"

"집에 가긴 갔었지. 그런데 은서가 꼬시는 바람에."

기웅이가 머리를 긁적이며 목소리를 낮춰 말했다.

"너의 그 황당한 말들을 곧이곧대로 믿을 수는 없잖아. 우리가 직접 눈으로 확인해봐야지, 라고 은서가 나를 꼬드겼어. 그래서 야밤에 다시 학교로 올라가는데 웬 칼을 찬 남자가 학생회관 쪽에서 내려오잖아. 깜짝 놀라서 저수지 쪽으로 피했다가 풀밭에서 구르고, 갑자기 나타난 러시아 군인들한테 쫓기고, 그러다가 웬 사공을 만나고. 정말 난리도 아니었어."

"아, 사공이라면 뱃삯을 받지 않는…."

"맞아. 우리도 그 나룻배를 타고 저수지를 건넜는데 거기에서 누가 기다리고 있었는 줄 알아? 송죽, 아니 기옥이 기다리고 있었어. 은서가 한눈에 알아봤지. 물론 우리가 아니라 너를 기다리고 있던 눈치였지만 아무튼 그렇게 함께 하얼빈역에 가게 된 거야."

"아하, 기옥이 너희와 함께 있었구나."

"그래, 하얼빈역에서 너 쓰러질 때 잽싸게 권총을 빼서 달아난 게 기옥이야. 덕분에 네가 지금 여기에 있는 거고. 만약 네 몸에서 권총이 나왔다면 너는 아마 지금쯤 취조실에 끌려

가서 모진 고문을 당하고 있을걸?"

"그, 그렇구나. 그럼 은서는 지금 어디에 있어?"

"그야 여자 감방에 있겠지. 나도 여기 온 뒤로 아직 한 번 도 얼굴을 못 봤어. 그쪽은 좀 나으려나."

어깨를 잔뜩 움츠리는 기웅이의 눈이 붉게 충혈되어 있었 다. 어제도 편의점에서 밤을 새웠으니 피곤할 만도 했다. 나 도 무릎 사이에 얼굴을 묻고 잠시 잠을 청하려는데 누가 내 발을 툭툭 쳤다.

"2336, 유동하."

문밖에서 간수가 누군가를 부르고 있었다. 내 발을 찬 건 맞은편에 앉아 있던 낯선 사내였다.

"저는 유동하가 아닌데요."

사내에게 말한 뒤 소리가 나는 쪽을 바라봤다.

"너 말이야. 거기 맨 끝에 앉아 있는 어린놈. 2336!"

이게 무슨 상황인가 내가 어리둥절하고 있을 때 맞은편 사 내가 손가락으로 자신의 가슴을 가리켰다. 수인번호. 나는 얼 른 내 수인복에 적힌 숫자를 확인했다. 2336.

간수가 나를 데리고 간 곳은 다행히도 취조실이 아니라 면 회실이었다. 두 손이 묶인 채로 등 떠밀려 들어간 좁은 방 안 에 반가운 얼굴이 앉아 있었다. 기옥이었다.

"어때? 몸은 좀 괜찮아?"

"으응, 괜찮은 거 같아. 넌 어때?"

"감옥에 있는 너희가 걱정이지. 난 걱정 안 해도 돼. 감옥 안이 많이 춥지?"

"차가운 시멘트 바닥에서 내복 하나로 버티고 있어. 그런데 여기가 대체 어디야?"

"여긴 중국 다롄에 있는 뤼순 감옥이야."

"뤼순? 그게 어디야?"

"하얼빈에서 1,000킬로 정도 떨어진 도시야. 러일전쟁 이후 일본이 이 지역을 점령했는데 지금은 만주지역 통치의 중심지로 활용하고 있어. 사건이 일어난 하얼빈은 러시아 조차지이지만 일본이 을사늑약을 근거로 관할권을 요구했어. 그래서 러시아가 일본에 신병을 인도한 거야. 뤼순은 중국 땅이지만 지금은 일본 조차지거든. 그래서 많은 독립투사들이 이곳에 수감돼 있어."

"그럼, 안중근 장군도 여기에 계셔?"

"응. 독방에 계셔. 그분은 아직 면회가 안 돼."

"이곳이 일본의 조차지라면 결국 일본에서 조사받고 재판을 받는 것과 같은 상황이잖아."

"모두 그걸 우려하고 있어. 하지만 안중근 장군의 거사 소식이 외신을 통해 긴급하게 전해지면서 전 세계가 이번 재판을 주목하기 시작했어. 일본도 마음대로 하기는 쉽지 않을 거야."

"그렇다고 과연 재판이 공정하게 진행될까?"

"감옥 밖에서 동지들이 발 빠르게 움직이고 있어. 평양에서 활동하던 안병찬 변호사가 뤼순에 왔고, 최재형 선생이 세운 대동공보사의 사장 미하일로프 씨가 상하이로 가서 영국인 변호사 더글러스 경과 만났어. 국제 변호인단을 구성하겠다는 계획이야. 또 안중근 의사를 구명하기 위해 고종 황제가 보낸 두 명의 밀사가 도착했다는 소식도 들리고 있어."

"정말 다행이다. 그럼 이 안에서 우리가 할 일은 없을까?"

"일단 몸부터 잘 챙기고 있어. 어디서든 다치지 않는 게 중요해."

기옥의 목소리를 들으니 그녀의 손이 테이블 밑으로 건너와 내 손을 꼭 잡아주는 것만 같았다. 그런데 기옥의 말에서 뭔가 걸리는 게 있었다.

"어디서든?"

"그래. 어디서든."

기옥도 혹시 이 세계의 비밀을 알고 있는 걸까. 이게 꿈이라는 것. 그러니까 내가 곧 이 세계를 떠나리라는 것을. 나는 그제야 체육 시간의 사건이 떠올랐다. 축구와 깨진 안경, 그리고 기옥. 내가 왜 여태 그 생각을 못 했을까. 기옥과 나는 낮에도 만난 적이 있다. 그래, 어쩌면 기옥도 이 세계의 사람이 아닐지 몰라. 나는 기옥의 눈을 바라보며 넘겨짚듯 물었다.

"그런데 잘 모르겠어. 어떻게 돌아가야 하는지. 전에는 잠에서 깨듯이 자연스럽게 빠져나갈 수 있었는데, 이번엔 그게 안 돼. 혹시 너는 방법을 알고 있니?"

기옥이 뭔가 말하려는 순간 간수 두 명이 내 양쪽 팔을 잡아 일으켜 세웠다.

"면회 시간 종료!"

"자, 잠깐만요."

나는 번쩍 들리다시피 강제로 끌려 나가며 기옥을 돌아봤다.

'네가 간절히 원하면 언제든 돌아갈 수 있어.'

기옥의 입술은 움직이지 않았다. 하지만 그 목소리만은 또렷하게 들렸다. 사공과 대화했을 때처럼.

아침 식사로 나온 것은 반 주먹도 안 되는 보리밥과 끓인 소금물이 전부였다. 운이 좋은 날은 상한 생선이나 썩은 채소가 함께 나오기도 했다. 하루에 한 잔을 주는 물은 오후가 되면 얼어버렸다. 그걸 알고 나서부터 오전에 물을 다 마셨더니 밤이 되면 추위뿐 아니라 갈증과도 싸워야 했다. 감옥 생활이 열악할 거라고 생각은 했지만 이 정도일 줄이야. 나는 기옥의 말을 떠올리며 다시 교실로 돌아갈 수 있기를 간절히 기도했다. 하지만 그제도, 어제도, 오늘도 뜻대로 되지 않았다. 내가 기옥의 말을 잘못 이해했거나 아직 간절함이 모자랐기 때문인지도 모르겠다.

나와 달리 같은 감방에 투옥된 독립투사들은 꿋꿋하게 버텨나가고 있었다. 채가구역에서 체포된 우덕순, 조도선 동지를 비롯해 하얼빈 교민회장인 김성백, 하얼빈의 동흥학교를 이끌고 있는 김성옥, 김형재, 탁공규 등 이번 사건과 관련해 많은 동지가 투옥되었다. 일본 경찰은 안중근 의사와 조금이라도 관련 있어 보이면 무조건 잡아들였다. 이들 중에서 같은 감방에 투옥된 동지들은 내가 검찰관의 취조를 받고 돌아오자 힘을 내라며 밥을 한 숟가락씩 모아 주었다. 밥 먹다 목이 메어 울어보긴 처음이었다.

은서를 우연히 만난 건 갑작스레 취조실로 불려가던 복도에서였다. 며칠 만에 본 은서도 혹독한 감옥 생활로 수척해져 있었지만 기웅이처럼 허기져 보이는 게 아니라 어딘지 모르게 더 날렵해 보였다. 간수의 눈치를 살피던 은서가 잽싸게 여성 수감자 대열에서 빠져나와 손으로 입을 가린 채 말했다.

"국선 변호사 외에 외국인 변호사는 전부 배제한대."

"그게 무슨 소리야?"

"재판 말이야. 안중근 의사의 변호를 일본인이 맡는대. 다른 국적의 변호사는 아예 인정해줄 수 없다고 했대."

나는 잠시 할 말을 잃고 은서의 얼굴을 쳐다봤다. 은서는 분통이 터진다는 듯 인상을 쓰고 다시 여성 수감자 대열로 들어갔다. 잘 지내느냐는 안부는 묻지도 못했다.

"2336, 유동하!"

감옥에 앉아 오들오들 떨고 있는데 간수가 나를 불렀다. 그간 동지들을 신문하다가 뭔가 확인할 게 있으면 수시로 나를 부르곤 했다. 처음엔 취조실에 가는 게 떨리고 두려웠지만 이제는 어느 정도 적응이 되어가고 있었다. 하지만 취조실의 문이 열리는 순간 나는 하마터면 그대로 주저앉을 뻔했다. 검찰관의 맞은편에 생각지도 못한 인물이 앉아 있었기 때문이다. 안중근 의사. 나는 후들거리는 다리에 최대한 힘을 주고 간신히 버티고 섰다. 나와 달리 안중근 의사의 표정에는 조금의 변화도 없었다. 그는 나를 보지 않고 오직 정면만을, 정면의 회색 벽과 벽에 생긴 미세한 균열만을 뚫어지게 쳐다보고 있었다. 이게 무슨 상황이지? 간수가 갑자기 안중근 의사 앞으로 내 등을 떠밀었다. 그러자 취조실로 나를 부른 미조부치 다카오 검찰관이 제 옆의 의자를 가리켰다. 나는 의자에 앉으며 다시 한번 안중근 의사의 얼굴을 살폈다. 짙은 눈썹과 깊은 눈. 굳게 다문 입술을 통해 나는 어떤 메시지도 읽을 수 없었다. 내게는 너무도 영광스러운 대면이었지만 나에게 주어진 역할이 뭔지를 가늠하기 힘들었다. 안중근 의사는 그저 가만히 앉아 있을 뿐이다. 하지만 동시에 너무나 많은 것들과 싸우고 있는 것처럼 보였다. 지금까지의 어떤 과정을 혹시나 내가 다 망칠 수도 있다고 생각하니 두려웠다.

"이자는 유동하라고 하며 피고가 통역을 위해 하얼빈으로 데려간 사람이 틀림없는가?"

미조부치가 시선은 여전히 안중근 의사의 얼굴에 고정한 채 턱 끝으로 나를 가리키며 물었다.

"그렇다."

대답하는 순간에도 안중근 의사의 표정엔 조금의 변화도 없었다. 미조부치는 알 듯 모를 듯 한 미소를 지으며 두꺼운 서류철에서 편지를 꺼내 들더니 읽기 시작했다.

삼가 아룁니다. 10월 22일 오후 9시를 넘어 하얼빈에 무사히 도착하여 김성백 씨 집에 머물고 있습니다. 《원동보》를 보니 이토 히로부미는 동청철도총국 특별열차로 25일 오후 11시에 관성자를 출발하여 하얼빈으로 향한다고 합니다. 우리들은 조도선 씨와 함께 저의 가족을 맞이하기 위하여 관성자로 간다는 구실로, 그 앞의 어느 역에 잠복하여 결행할 생각입니다. 이 점 헤아려주시기 바랍니다. 큰일의 성패는 하늘에 맡기지만 동포의 기도와 도움을 갈망하는 바입니다. 또한 여기서 김성백 씨에게 일금 50원을 빌렸습니다. 곧 갚아주시면 고맙겠습니다. 대한독립 만세!

1909년 10월 24일 오전 8시. 안중근, 우덕순.

추신: 포브라니치나야에서 유동하와 함께 하얼빈에 도착.
앞으로의 일은 귀사에 통지하겠습니다.

편지를 다 읽은 미조부치가 내 얼굴을 슬쩍 보더니 맞은편에 앉은 안중근 의사에게 물었다.

"피고가 편지를 유동하에게 건네며 '다른 사람에게 부탁하면 안 되고, 네가 직접 띄워라'라고 말했다고 하는데 사실인가?"

"아니다. 나는 편지를 주지 않았다. 만약에 주었다면 발송하지 않고 남아 있을 리가 없다."

안중근 의사는 막힘없이 대답했다. 그러나 나는 이들이 정확히 무슨 말을 하는 건지 파악할 수 없었다.

"대동공보사 앞으로 되어 있는 편지는 즉시 띄워라, 또 이강 앞으로 되어 있는 편지는 12일 채가구에서 하얼빈 김성백의 집으로 돌아왔을 때, 정거장에서 총소리가 나거든 바로 띄워라'라고 유동하에게 말했다는데 사실이 아닌가?"

"그런 말을 한 기억은 없다. 만약 정거장에서 총소리가 나거든 바로 편지를 띄우라고 했다면 이자가 왜 그 편지를 가지고 있었겠는가. 그런 일 없다."

"이봐, 안중근!"

미조부치가 탁자를 내리치며 안중근 의사를 노려봤다.

"사실을 말하라. 사실만을 말하라. 오직 사실로써 죄를 고하고 더 이상 나를, 그리고 네 운을 시험하지 마라."

안중근 의사는 미조부치의 얼굴을 뚫어지게 쳐다봤다. 깊고도 단호한 눈이다. 일본이 사건의 중대성을 감안해 특별히 파견했다는 미조부치에 맞서, 수많은 겹으로 둘러싸인 듯한 그 어두운 눈동자는 희미한 전등 아래서 붉게 타오르고 있었다.

"유동하, 이게 어떻게 된 것인가. 안중근 이자는 너에게 편지를 준 적이 없다고 하는데, 그렇다면 너는 거짓말을 한 것인가?"

미조부치가 이번에는 나를 쏘아보며 질문했다. 대질신문이다. 그러나 나는 전혀 준비되어 있지 않았다. 하얼빈 의거에서 유동하 지사의 존재 자체를 몰랐기 때문이다. 그래서 며칠 전 취조를 받을 때는 모든 것을 부정했다. 미조부치는 나를 통해 정보를 얻으려 했지만 나는 도리어 미조부치의 질문을 통해 정보를 얻었다. 안중근 의사를 도울 당시 유동하

지사의 나이가 18세로 지금의 나와 같다는 것. 그는 통역으로 합류했으며 안중근 의사 일행이 채가구역으로 떠날 때 하얼빈에 남아 정보를 수집하고 전보를 주고받았다는 것이 내가 파악한 전부였다.

"다시 묻는다. 유동하, 너는 거짓말을 했는가?"

나는 안중근 의사의 답변에서 숨은 뜻을 파악해야 했다. 미조부치는 체포 당시 내 옷에서 이 편지가 나왔다고 했다. 내 옷에서 나왔다고 하니 그것까지 부정하기는 힘들었다. 그러나 지금 안중근 의사는 그런 일이 없다고 말한다. 이게 무슨 의미일까. 이제 나는 드러난 말이 아니라 숨겨진 말, 지금 안중근 의사가 미조부치에게 하지 않은 말 속에서 정보를 찾아야 했다.

"나, 나는 감옥에 끌려와 신문을 받는 상황이 무서워서 그저 '그렇다'라고 대답했을 뿐, 당시 질문이 무엇을 의미하는지는 모르고 있었습니다."

미조부치가 혀를 찼다. 그가 다시 안중근 의사를 쳐다보며 말했다.

"유동하는 11일에 피고가 채가구를 떠나면서 '내가 전보를 쳐서 언제 오냐고 묻거든, 이토라는 이름이 없더라도 그에 관한 일로 알고 반드시 회답을 보내라'라고 말했다는데 사실인가?"

"그런 말을 한 적이 없다. 전보에 대해서는 이자에게 한마디도 하지 않았다."

안중근 의사는 이번에도 부정했다. 그는 나를 똑바로 바라보며 거짓말쟁이로 몰았다. 그 깊은 뜻에 가슴이 아려왔다.

"유동하, 똑바로 대답하라. 이 신문 조서에 적혀 있는 너의 대답은 모두 거짓인가? 이자의 말에 따르면 제대로 답한 게 하나도 없는 것 같은데!"

미조부치가 나를 다그치기 시작했다.

"감히 여기가 어딘 줄 알고 거짓말을 하나. 너는 나에게 안중근이 보낸 전보를 받았다고 말했다. 사실인가 아닌가."

내가 대답을 못 하고 안중근 의사의 눈치만 살피자 미조부치가 주먹으로 책상을 내리쳤다.

"유동하. 나를 똑바로 보고 말하라. 무엇이 사실인가."

갑자기 심장이 방망이질하기 시작했다.

"저, 저기, 그러니까."

"왜 바로 대답을 못 하나. 본인이 한 말을 기억하지 못하는 것인가? 좋다. 이 신문 조서를 네가 직접 읽어봐라. 거기 뭐라고 적혀 있는지."

눈앞이 뿌옇게 흐려졌다. 긴장을 한 탓인지 글자가 하나도 눈에 들어오지 않았다.

"자리에서 일어나."

응? 일어나라고?

"일어나서 큰 소리로 읽어봐."

나는 신문 조서를 두 손에 받치고 일어섰다. 두 손이 덜덜 떨려서인지 조서의 글자들이 마구 굴러다니고 있었다.

"뭐해? 빨리 읽어."

머릿속에는 오직 이 상황에서 벗어나고 싶다는 생각만이 간절했다.

"얘가 도대체 무슨 생각을 하는 거야? 여기잖아, 여기."

미조부치가 지시봉으로 교과서를 툭툭 쳤다.

"야, 깡통. 정신 차려 인마!"

주변에서 아이들의 왁자한 웃음소리가 들렸다. 깡, 깡통이라고? 고개를 드니 대식이 삼촌이 어이가 없다는 표정으로 나를 쳐다보고 있었다.

8

점심시간 종이 울리자마자 나는 은서의 자리로 갔다. 은서는 방금 잠에서 깬 듯 책에 눌린 자국이 왼쪽 볼에 길게 나 있었다.

"괜찮아? 어디 다친 데는 없고?"

비어 있는 은서의 앞자리에 앉으며 내가 물었다.

"응. 괜찮은 거 같아."

내 말을 바로 알아듣는 걸 보니 역시 나 혼자 꿈을 꾼 건 아니었던 모양이다.

"넌 어때? 아까 수업 시간에 일어서서 버벅대는 거 보니까 그제야 정신이 돌아온 것 같던데."

"응. 눈치챘구나."

"당연하지. 그전까지 너는 고무 인간 같았거든. 걸어 다니는 게 영혼도 없어 보이고, 앉아서도 축 늘어진 폼이 금방이라도 의자에 눌어붙을 것만 같았다니까."

"그래? 오늘 아침의 일과가 하나도 기억나지 않는 걸 보면 내가 몽유병 환자처럼 걸어 다니고 있었나 봐."

"맞아. 그래도 아주 엉뚱한 데로는 가지 않게 내가 지켜보고 있었어. 그러다가 수업 시간에 버벅대는 걸 보고는 드디어 로딩이 시작됐구나 했지."

육체와 정신이 동시에 깨어나는 것이 아니라 육체만 먼저 반응할 수도 있다니. 좀 섬뜩했다. 물론 그 반대도 마찬가지겠지만.

"너희는 어땠어? 언제 깨어난 거야?"

"아침 여섯 시 반 정도에. 우리는 너와 달리 일찍 석방됐잖아. 그런데 갈 곳이 있어야지. 기웅이랑 둘이 밤새 뤼순 거리를 헤매다가 얼어 죽을 뻔했어. 그러다 어느 극장 앞 벤치에 쪼그리고 앉아 신문지를 덮고 있었는데, 정신을 차려보니 저수지 입구였어."

"그럼 기웅이는?"

"씻고 온다고 집으로 갔어. 근데 바로 안 오는 거 보니 아무래도 깊이 잠든 모양이네."

기웅이의 자리는 비어 있었다. 한 번도 지각한 적이 없는 녀석인데. 갑자기 교실이 휑하게 느껴졌다.

"그런데 이걸 좀 볼래?"

은서가 책상 서랍에서 신문을 꺼냈다. 한눈에 보기에도 오래돼 보이는 신문이었다.

"어? 너도 신문 가져왔구나. 나도 있는데. 이거 완전 레어 템 아냐?"

내가 주머니를 뒤적거리며 가볍게 넘기려 하자 은서가 신문의 상단을 가리켰다.

"그냥 신문이 아니야. 여길 봐봐. 뭔가 이상한 게 없는지."

"이상한 거?"

은서가 가리킨 것은 신문의 발행 날짜였다. 1933년 3월 15일.

"웅? 이게 어떻게 된 거지?"

안중근 의사의 하얼빈 의거는 1909년 10월 26일이다. 그런데 며칠 후 하얼빈의 밤거리를 헤매던 은서와 기웅이가 덮고 잔 신문은 1933년… 나는 신문을 좀 더 꼼꼼히 살폈다. 그리고 깜짝 놀랄 만한 기사를 찾아냈다.

걸인으로 변장한 노파의 정체

지난달 29일 하얼빈 도외정양가에서 체포한 남자현이 만주국 일본전권대사 부토 노부유시의 암살을 계획했던 것으로 드러났다. 일본 형사들에 따르면 걸인으로 변장했던 남 씨는 만주국 건국일인 3월 1일 기념식장에서 쓸 폭탄을 전달받기 위해 남강 길림가 4호로 가던 중이었다고 한다. 일본영사관 소속 형사들은 관련 첩보를 입수하고 미행 끝에 체포에 성공. 체포 당시 남 씨는 남루한 외투 속에 남편의 피 묻은 군복을 입고 권총과 탄환을 소지하고 있었던 것으로 알려졌다.

학교 현관에서 본 노파다. 나는 스마트폰을 꺼내 '남자현'을 검색했다. '1872년생. 독립운동가. 1924년 사이토 총독 암살 미수. 1932년 국제연맹 리튼 조사단이 하얼빈에 오자 조선독립원이라고 혈서를 쓴 뒤 왼손 네 번째 손가락과 동봉하여…' 어젯밤 계단 난간을 짚던 노파의 손이 떠올랐다. 네 번째 손가락이 유독 짧아 보이던 그 손.

"나 이분과 마주친 적이 있는 거 같아."

"뭐? 누구하고?"

놀란 내 표정을 보고는 은서도 기사를 읽기 시작했다.

"만났다고? 남자현 지사를?"

"응. 하얼빈에서. 걸인으로 분장한 채 어디론가 가고 계셨어. 계단을 오르는 모습이 힘겨워 보여서 도와드리려고 했는데 눈빛이 심상치 않았어. 아마도 그때 이미 미행당하고 있다는 걸 알고 계셨는지도 몰라. 그래서 내가 괜히 연루될까

봐 팔을 거칠게 뿌리치신 건지도."

"그럼 이 날짜가 잘못 인쇄된 게 아니란 거네?"

"그렇지. 그러니까 동시에 존재할 수 없는 사람들이, 아니 동시에 존재할 수 없는 많은 순간이 밤의 학교로 모여드는 것 같아. 생각해봐. 기옥도 그래. 1909년이면 기옥은 고작 아홉 살이야. 그런데 우리가 만난 기옥은 분명 우리 또래였어."

"시간이 혼재되어 있구나. 오래된 기억처럼."

"그래. 그리고 밤의 흔적들은 아침이 된다고 해서 완전히 사라지는 것도 아닌 거 같아. 이 신문지처럼."

내 말을 듣고는 가만히 고개를 주억거리던 은서의 눈빛이 일순 날카롭게 빛났다.

"그럼 우리가 밤새 본 것들은 정말 단지 꿈이 아니라는 거네?"

나는 교실 뒤편에 걸려 있는 시계를 봤다. 점심시간은 아직 30분이 남아 있었다.

"가보자!"

자리에서 일어나며 은서에게 따라오라는 손짓을 했다.

"어디를?"

은서가 동그랗게 뜬 눈으로 물었다.

"하얼빈."

2학년 8반 교실에는 점심을 빨리 먹고 온 아이들이 삼삼오오 모여 있었다. 지난밤 이곳은 지금의 교실보다 훨씬 크고 넓었지만 창 너머로 뻗어나간 열차 선로를 생각하면 이 교실은 플랫폼 정도가 될 것이다.

"어이, 지환! 여긴 웬일이야."

뒷문으로 들어서다 창가에서 친구들과 대화 중인 태원이와 눈이 마주쳤다.

"태원이 너 오늘 동아리 부장 회의 있는 거 알지?"

조용히 다녀오려 했는데 태원이가 아는 척을 하는 바람에 나는 딴청을 피웠다.

"뭐야, 그 말을 하려고 문예부랑 풍물패 부장께서 친히 방문하신 거야?"

"뭐, 그냥. 겸사겸사. 식후 산책도 좀 하고."

나는 교실 뒤쪽 사물함 앞에 서서 지난밤의 위치를 가늠했다. 내가 환영 인파 사이를 비집고 들어서던 곳. 환영객들 너머에서 빠른 걸음으로 움직이던 안중근 의사와, 내 앞을 지나 플랫폼의 끝을 향해 걸어가던 이토 히로부미가 멈춰선 자리.

"그렇지 않아도 나한테 축제에 관한 좋은 아이디어가 있는데 지금 말해줄까?"

태원이는 마침 우리를 기다리고 있었다는 듯 내 옆에 바짝 다가서며 말했다. 나는 허리를 숙여 태원이가 서 있던 앞쪽

창가의 책상 밑을 들여다봤다. 표적 확인에서 사격까지 6초. 한 손 격발로 일곱 발을 발사해 모두 명중시킬 수 있는 최소한의 거리. 아니, 도주를 포기하고 표적에 접근할 수 있는 최대한의 거리 약 7미터. 내가 책상 밑을 손으로 가리키자 은서가 나지막이 탄성을 질렀다.

"왜 그래? 여기서 뭐 잃어버린 거라도 있어?"

태원이가 우리를 따라 허리를 숙였다. 창가 쪽 책상 밑에는 흐릿하게 마름모 모양의 표시가 그려져 있었다. 이토 히로부미가 쓰러진 자리다.

"이게 뭐야? 바닥에 왜 이런 낙서가 있지?"

태원이는 눈을 잔뜩 찡그리고 책상 밑을 들여다봤다. 나는 은서와 눈을 맞춘 뒤 한 걸음 뒤로 물러섰다. 자세히 보니 우리가 서 있던 자리에도 흐릿한 표시가 있었다. 마치 이토 히로부미가 쓰러진 자리를 가리키는 듯한 모양의 삼각형 표시. 어젯밤 안중근 의사가 서 계셨던 바로 그 자리다.

"하얼빈역에 남아 있는 것과 같은 표시야."

"하얼빈역에도 이런 표시가 있어?"

믿기지 않는다는 표정으로 은서가 물었다.

"응, 지금도 하얼빈역 1번 플랫폼에는 이것과 같은 모양의 동판이 새겨져 있어. 안중근 의사의 거사가 있었던 장소라는 표시야."

"응? 안중근 의사가 뭘 어쨌다고?"

옆에서 듣고 있던 태원이가 우리를 번갈아 보며 물었다. 나는 별거 아니라는 듯 손을 가로저으며 다시 한번 바닥의 표시를 들여다봤다. 빛깔이 아주 조금씩 옅어지고 있었다. 아마도 내일쯤이면 다 사라질 듯했다.

"축제 때 말이야. 동아리 가요제를 하면 어떨까?"

교실을 나서려는데 태원이가 갑자기 어깨동무하며 친한 척을 했다. 태원이는 밴드부 부장이다.

"동아리별로 노래를 제일 잘하는 사람이 한 명씩 나와서 경연을 펼치는 거야. 어차피 반주는 우리가 해주면 되니까. 중간에 우리 밴드부가 축하 공연도 하고. 어때? 축제의 하이라이트는 가요제 아니겠어?"

결국 밴드부가 주인공이 되겠다는 얘기였다.

"그래. 그 이야기는 이따 회의 시간에 하자. 우리가 아직 점심을 못 먹었어."

"응? 아까 식후 산책이라고…."

어리둥절한 표정의 태원이를 남겨두고 우리는 도망치듯 2학년 8반 교실을 빠져나왔다.

함께하는 공연을 구상하고 있지만 사실 동아리들끼리는 사이가 별로 좋지 않았다. 학기 초에 학생회관의 청소구역을 정하는 것부터 축제 때 각 동아리 행사 안내 표지판의 더 좋은 위치를 선점하는 것까지 서로 경쟁할 일이 많았기 때문이다. 경쟁의 하이라이트는 학생회장 선거였다. 입후보하는 학생 처지에서는 동아리라는 든든한 지원군이 반드시 필요했다. 동아리 입장에서도 누가 학생회장이 되느냐에 따라 각종 행사에서의 유불리가 결정되기 때문에 학생회장 선거는 동아리 간의 대리전처럼 치러졌다. 그 과정에서 선배들은 다른 동아리들을 배척하는 것으로 동아리 구성원들의 결속을 다지곤 했다.

동아리 중에서도 유독 서로 사이가 안 좋은 게 바로 문예부와 연극부였다. 그런데 신기한 것은 아무도 그 이유를 모른다는 점이다. 무슨 일로 언제부터 사이가 틀어진 것인지 이제는 누구도 알지 못하는 채로 후배들은 선배에게 물려받은 미움을, 그 실체도 없는 먼지 덩어리들을 마음속에서 계속 굴리고 있었다. 동아리에 들어가서야 이러한 분위기를 알게 된 나와 기웅이는 적잖이 당황했다. 우리는 이 무의미한 전통을 후배들에게 물려주고 싶지 않았다. 경쟁할 때보다 협력할 때 더 즐거운 일이 많이 생긴다는 것을 이미 중학교 동아리 활동을 통해 배웠기 때문이다. 그래서 우리는 문예부와 연극부의 관계 개선을 위해 노력했다. 작년 축제에서 내가 연극부의 공연에 우정 출연한 것도 그중 하나였다.

물론 출연이 성사되기까지는 많은 우여곡절이 있었다. 기웅이와 나는 각자 동아리 선배들을 설득해야 했고, 우리의 힘만으로는 부족해서 대식이 삼촌이 선배들에게 압력을 넣기도 했다. 동아리들의 친목과 화합 그리고 연대. 명분은 충분했다. 다만 전례가 없던 일이라 선배들은 쉽게 결정을 내리지 못했다. 그러던 중 당시 학생회장 출마를 결심한 연극부 부장의 다분히 정치적인 계산 덕분에 나의 출연이 결정되었다.

그런데 나의 출연에는 한 가지 조건이 달려 있었다. 본격적인 공연 준비가 시작되는 두 달 전부터 연극부의 모든 연습에 참여해야 한다는 것. 방과 후는 물론이고 주말도 포함이었다. 비중 있는 역할도 아닐 텐데 그렇게까지 해야 하나 싶었지만 내가 이것저것 따질 처지는 아니었다. 출연이 결정된 후 나는 정말 거의 매일 연극부실에서 살다시피 했다. 연극부원들이 연습할 때 함께 연습하고, 혼날 때 함께 혼났다. 나중에는 내가 문예부인지 연극부인지 헷갈릴 정도였다.

대본이 나올 때까지 1학년은 주로 발성 연습을 했다. 배에 잔뜩 힘을 주고 복식호흡을 하며 대사를 치는 연습이었다. 특히 나는 목소리가 작고 가늘어서 거의 매일 특훈을 해야 했다. 기본 발성 연습이 끝난 후에도 선배에게 따로 불려가 운동장에서 달을 보며 소리쳤다. 아. 에. 이. 오. 우. 우. 우. 양

손을 허리에 얹은 채 목을 길게 빼고 소리 지르는 모습이 한 마리의 고독한 늑대가 된 기분이었다.

그렇게 한 달 동안의 연습을 마친 후에는 확실히 목이 트여 있었다. 이 정도면 연극이 아니라 오페라에 출연해도 되겠다는 자신감이 들 때쯤 드디어 대본이 나왔다. 제목은 〈지하철 10호선〉. 3학년 선배가 쓴 창작 연극이었다. 대본의 첫 페이지를 넘기자 출연자 명단이 눈에 들어왔다. 내 이름은 맨 아래에 적혀 있었다. 그리고 이름 옆에 적힌 배역명은 '승객 4'. 하필이면 4. 나는 불길한 예감에 사로잡힌 채 빠르게 대본을 훑어 내려갔다. 승객 4. 승객 4, 승객 4, 승객 4는 대체 어디에. 아무래도 승객 4는 지하철을 놓친 게 틀림없다는 서글픈 확신이 들 때쯤, 그러니까 연극의 막이 내려가기 직전에야 허겁지겁 지하철에 올라탄다는 설정이었다. 그런데 이럴 수가! 승객 4는 대사가 없었다.

"그러니까 이번에는 네가 대본을 쓰고 우리가 연기를 한단 말이지?"

늦잠을 자다 오늘 점심시간이 지나서야 등교한 기웅이가 말했다.

"그래. 모든 동아리가 힘을 합쳐서 근사한 연극 한 편을 무대에 올리는 거야. 문예부가 대본을 쓰고 연극부가 연출을,

연기는 모든 동아리원이 함께. 밴드부와 풍물패는 노래와 음향을 맡고. 무대나 소품은 다 함께 준비하고. 연극이 끝난 후에는 관객과 함께 어우러지는 공연도 생각해놓은 게 있어."

"음, 듣기에는 그럴듯한데. 다른 동아리 애들을 설득하려면 연극의 내용이 중요하지."

은서가 말했다.

"우리가 지난밤에 본 것들을 모두에게 이야기해주고 싶어. 그 모든 걸 무대 위에서 재현하는 거야. 일제강점기의 역사적인 순간들을. 어때? 연극부와 풍물패 부장이 도와준다면 저녁 회의에서 내 계획이 채택될 수도 있을 거 같은데."

"하지만 그러기엔 시간이 촉박하지 않아? 대본을 쓰고 공연 연습까지 하려면 적어도 몇 달은 걸릴 거야. 게다가 넌 희곡을 써본 적도 없잖아? 아무리 공부를 한다 해도 그 시절의 모습을 생생하게 재현하기는 쉽지 않을 텐데."

"그래서 직접 취재하려고."

나는 다시 한번 실체 엽서를 흔들어 보였다. 은서와 기웅이는 영문을 모르겠다는 표정이었다. 나는 기웅이의 어깨를 툭 치며 일어섰다.

"네 침낭, 내가 며칠만 더 쓰자."

9

내 의견에 대한 반응은 나쁘지 않았다. 아직 표결에 부치지는 않았지만 태원이의 가요제보다는 확실히 호응도가 높았다. 각각의 동아리가 가지고 있는 특색과 장기를 어떻게 연극에 접목시킬지 저마다 아이디어를 보태며 회의실이 잠시 소란스러워지기도 했다. 축제가 금방이라도 시작될 것만 같은 분위기였다. 하지만 태원이의 한마디가 화기애애하던 분위기에 찬물을 끼얹었다.

"일본 덕분에 우리나라가 발전한 건 사실이지 않아?"

순간 다들 할 말을 잊은 듯 학생회의실에는 정적이 감돌았다.

"물론 일제강점기에 일본이 우리 민족을 탄압하고 수탈한 건 알겠어. 하지만 우리가 근대화를 이루는 데 일본의 도움이 컸던 것도 인정해야 하지 않을까? 일제강점기를 꼭 나쁘게만 볼 건 아니라고 생각해."

분위기가 싸해진 걸 태원이도 느꼈는지 두 손을 내저으며
덧붙였다.

"내가 꼭 가요제가 하고 싶어서 이런 말을 하는 건 아니고.
그냥 평소 느꼈던 걸 말하는 거야."

태원이의 말이 끝나기가 무섭게 은서가 쏘아붙였다.

"우리 민족의 생명과 재산을 빼앗고 말과 글, 이름까지 모
두 없애면서 철도를 깔아준 걸 근대화라고 생각하는 거야?
심지어 그 철도조차 우리를 위한 게 아니라, 자원과 농산물
을 수탈하고 전쟁 물자를 운송하기 위해 만든 건데도?"

"난 단지 우리나라도 잘한 게 없다는 얘기를 하는 거야. 다
들 마치 일제강점기 이전이 천국이었던 것처럼 말하잖아. 그
런데 정말 그랬어? 사람을 양반과 상놈으로 나누고, 그 와중
에 남성과 여성을 또 나눠서 차별하고."

"갑신정변과 동학농민혁명에 대해 배웠잖아. 그때 이미 우
리 스스로 모든 백성은 평등하다고 외치고 있었어. 시간은
좀 더 걸렸을지 모르겠으나 충분히 우리 스스로 세상을 바꿔
나갈 수 있었어."

분위기가 순식간에 과열되기 시작했다.

"아하하, 왜들 이래."

나는 어색하게 웃으며 슬쩍 은서의 팔을 잡아당겼다.

"생각은 다를 수 있지. 아마 자세히 얘기해보면 일제강점기를 바라보는 시각이 다들 조금씩은 차이가 있을 거야. 나는 일본이 무조건 나쁘다는 얘기를 하고 싶은 게 아니야. 반일 감정을 자극하거나 애국심에 취해보자는 것도 아니야. 다만 일제강점기라는 어두운 역사를 통과하면서 자신의 삶을 희생해 우리에게 희망을 주고자 했던 사람들, 우리가 잊지 말아야 할 그들의 선택에 관해 얘기해보고 싶은 거야."

태원이는 싸우자고 꺼낸 말이 아니라며 어색하게 미소 지어 보였고, 다혈질인 은서는 겨우 분을 삭이며 씩씩거리고 있었다.

"나에게 딱 열흘만 시간을 줄래? 그러면 내가 대본의 초고를 한번 써와볼게. 내가 여기에서 이러쿵저러쿵 말로 설명하는 것보다 함께 대본을 보며 이야기하면 더 확실하게 이해할 수 있을 거야. 그리고 만약 대본이 마음에 안 들면 태원이 의견대로 가요제를 하는 걸로 하자. 어때?"

회의실을 나오며 나도 모르게 한숨이 절로 나왔다. 안도감과 부담감이 뒤섞인 한숨이었다. 내가 정말 할 수 있을까? 하지만 이제 와 머뭇거리기엔 일이 너무 커져버렸다.

그날 밤, 밤의 학교에서 나는 재판정으로 변한 교실에 앉아 있었다. 이번에는 유동하 지사가 아니라 기자가 되어 방청석에서 재판을 지켜봤다. 유동하 지사는 안중근, 우덕순, 조도선 지사와 함께 피고인석에 앉아 있었다. 은서의 말대로 변호인석에는 조선에서 건너간 안병찬 변호사도, 동지들이 선임한 러시아와 영국인 변호사도 아닌 일본인 국선 변호사가 앉아 있었다. 이 재판의 결론은 이미 정해져 있다는 말들이 법정 주변에 소문처럼 떠돌았다. 그런 말들의 근거는 차고 넘쳤다. 러시아의 조차지인 하얼빈에서 일어난 사건임에도 불구하고, 일본이 러시아를 압박해 안중근 의사와 이 사건의 재판권을 넘겨받은 것. 그러고는 일본 관할지인 뤼순으로 사건을 송치해 뤼순 법정에서 재판하는 것. 이 모든 재판 지휘를 사법부가 아니라 외무성이 담당하는 것 등. 이 재판은 시작부터 국제법을 무시하고, 비정상적인 사법 체계를 만들어 급박하게 진행되고 있었다.

"외무대신 고무라 주타로가 뤼순의 정무국장에게 피고인을 극형에 처하는 게 일본 정부의 방침이라고 했다던데, 혹시 뭐 들은 얘기라도 있어?"

영국에서 왔다는 찰스 모리머 기자가 내게 물었다.

"글쎄요. 그런 얘기는 아직."

재판 시작 전에 방청석에서 만난 모리머 기자는 내게 옆자리를 내어주며 어디에서 왔냐고 물었다. 나는 엉겁결에 '대동공보'의 견습기자라고 말했다. 검찰관에게 조사받을 때 추궁

당했던 안중근 의사의 편지가 '대동공보'의 이강 선생께 보내는 편지였다. 그래서 나도 모르게 그 신문사의 이름이 불쑥 튀어나와버렸다. 그런데 '대동공보'가 안중근 의사의 배후로 의심받으면서 재판 중에도 여러 차례 거론되었다. 그래서인지 모리머 기자는 재판정에서 만날 때마다 내 어깨를 두드리며 나를 격려해주었다.

"일본이 이 재판을 하려는 이유가 뭘까?"

아침 아홉 시부터 시작된 재판은 정오에 한 시간 휴정했다.

"그야, 안중근 의사를 처형하려는 게 아닐까요?"

로비 구석 자리의 벤치에서 모리머 기자가 준 빵을 뜯으며 내가 대답했다. 도시락으로 홍차와 빵을 싸온 모리머 기자는 빵은 먹지도 않고 벽에 기댄 채 홍차만 홀짝이고 있었다.

"나도 처음엔 그렇게 생각했어. 그런데 이제 보니 다른 꿍꿍이가 있는 것 같아. 사실 이토 히로부미의 암살범이라면 일본이 고문하다 죽여버리는 건 일도 아닐 거야. 그간 조선에서 해왔던 것처럼 말이야. 그런데 외무성이 왜 뤼순에서 이렇게 기자들을 모아놓고 재판을 열었을까?"

아무것도 들어 있지 않은 밀가루 빵은 퍽퍽해서 목에 자꾸 걸렸다. 나는 몇 번 기침을 한 뒤 보온병 뚜껑에 홍차를 따랐다.

"남은 홍차 내가 다 마셔도 돼요?"

모리머 기자는 깊은 생각에 빠져 내 말을 못 들은 것 같았다. 그저 뭔가를 도무지 알 수 없다는 듯 언밸런스, 언밸런스하며 고개를 좌우로 흔들고만 있었다.

"뭐가 그렇게 언밸런스해요?"

그제야 내 말을 들은 듯 모리머 기자가 내 옆에 앉으며 말했다.

"프랑스 법관을 흉내 낸 듯한 법복과 게다짝. 근엄한 척 거드름을 피우면서 종종걸음으로 입장하는 판사들. 푸른색 무명 보자기에 싼 재판 서류. 일본은 현대식 법정과 재판 과정을 과시하고 싶어 하는 거 같은데 뭔가 조금씩 언밸런스해. 피고들에 대한 대우는 또 어떻고? 법정에서 피고들의 신체를 구속하지 않고 매우 인간적으로 대해주는 것 같지만 재판장은 피고인의 변호신고서를 불허해버렸잖아. 피고가 법정에서 의지할 수 있는 유일한 존재가 변호사인데 말이야. 언뜻 보면 공정한 재판 같지만 사실은 그렇지 않지. 한 편의 연극을 보는 것 같아. 그런데 그 이유를 모르겠단 말이야. 일본이 이 재판을 하는 이유, 이 재판을 통해 얻고자 하는 게 무엇인지를."

재판은 한 시부터 재개되었다. 오전과 마찬가지로 방청석은 빈자리 하나 없이 사람들로 가득 찼다. 모리머 기자 덕분에 앞자리에 앉은 나는 재판 과정을 좀 더 유심히 지켜보기로 했다. 사실 모리머 기자와 대화하며 아무것도 모르는 척 그저 빵만 먹었던 건 이 재판의 결과를 이미 알고 있기 때문이었다. 이제 와서 그 결과에 관해 내가 관여할 수 없다는 것도. 나는 밤새 진짜 견습기자처럼 그저 취재만 하고 있었는지도 모른다. 연극 대본을 쓰기 위한 취재. 그런데 이 재판에 뭔가 다른 목적이 있는 것 같다는 말을 듣는 순간 머릿속에 번개가 쳤다. 다 알고 있다고 생각했는데 사실은 아무것도 모른 채 멍하니 앉아만 있었구나.

오후 재판에는 몸을 최대한 안중근 의사 쪽으로 당겨 앉았다. 재판정에서 날 선 말들이 오갈 때마다 눈을 감고 모든 신경을 청각에만 집중했다. 피가 정수리로 쏠리고 머리가 통째로 귀가 된 기분이었다. 하지만 그제야 비로소 오전에는 들리지 않던 소리가 들리기 시작했다. 법정에서 말과 말이 서로의 목덜미를 잡아끄는 소리. 상대가 빠져나가지 못하게 말로 매듭을 지어 끝내는, 꼼짝할 수 없게 올가미를 채우고야 마는 소리. 재판장과 안중근 의사, 검찰관과 변호사 사이에 오가는 말들은 단순한 질의응답이 아니라, 치열한 수 싸움 끝에 내놓는 창과 방패라는 것을 나는 비로소 이해하기 시작했다. 그런데 누가 창이고 누가 방패일까.

견리사의見利思義, 견위수명見危授命[20]

무대 한가운데에 의자가 놓여 있다. 조명에 불이 들어오면 검은 양복을 입은 안중근 의사가 걸어 나와 의자에 앉는다. 안중근 의사는 관객석을 마주 보고 있다. 무대 왼쪽에는 미조부치 다카오 검찰관, 오른쪽에는 가마다 변호사가 앉아 있다. 재판관은 보이지 않는다. 재판관은 오직 음성으로만 존재한다. 그리고 안중근 의사의 등 뒤로 한 무리의 그림자가 보인다.

검찰관: 피고가 평소에 적대시하는 사람은 누구인가?
안중근: 이전에는 별로 그런 사람이 없었는데 최근에 한 명
  생겼다.

---

20 '이익을 보거든 정의를 생각하고, 위태로움을 보거든 목숨을 바쳐라.' 안중근
  의사가 옥중에서 붓글씨로 쓴 유묵 중 하나로 보물 569-6호로 지정되었다.

검찰관: 그게 누구인가?

안중근: 이토 히로부미다.

검찰관: 이토 공작을 왜 적대시하는가.

안중근: 그 이유는 많다. 말하자면 다음과 같다.

　이때 무대 조명이 밝아지며 안중근 의사의 뒤쪽에 앉아 있던 한 무리의 그림자를 비춘다. 이단으로 된 벤치에 열 명의 학생들이 두 줄로 앉아 있다. 언뜻 배심원처럼 보이지만 모두 강운고등학교 교복을 입고 있다. 무용반 친구들이다. 가운데에 앉아 있는 두 명의 학생이 일어나 큰 소리로 외친다.

학생들(외침): 첫째 '명성황후를 시해한 죄'. 둘째 '을사늑약을 강제로 체결한 죄'. 셋째 '정미 7조약을 강제로 체결한 죄'. 넷째 '고종 황제를 폐위시킨 죄'. 다섯째 '한국의 군대를 해산시킨 죄'.

　검찰관이 당황한 듯 끼어든다.

검찰관: 피고 안중근의 이번 범죄는 역사에 대한 무지와 자기 분수를 모르는 데서 비롯되었습니다. 특히 피고는 이토 공의 인격과 일본의 국가적 정책 및 여러 나라와

의 외교, 국제법규 등에 관한 지식이 부족합니다. 더욱이 반일 신문과 논객들의 주장에 맹목적으로 따른 결과, 한국의 은인인 이토 공을 원수로 여겨 그가 베푼 은혜에 대한 복수를 하고자 한 것이 범행 동기입니다.

뒤쪽에 앉아 있던 학생들이 자리를 박차고 일어나 무대 앞으로 뛰어나온다. 가운데 앉아 있던 두 명은 안중근 의사 양옆에 서고, 나머지 여덟 명의 무용수들은 호수에서 사냥을 하는 새의 모습을 군무로 표현한다. 새는 고통스러워하고 있다. 어부가 새의 목을 끈으로 묶어놨기 때문이다. 물고기를 잡았으나 삼킬 수는 없는, 어부에게 고스란히 빼앗기고 마는 가마우지. 일제에 억압받는 조선인들의 고통을 춤사위로 표현한 것이다. 무대 아래에선 풍물패가 대금과 태평소로 이 비극을 연주한다. 이어서 두 학생이 다시 한번 큰 소리로 외친다.

학생들(외침): 여섯째 '불평등 조약을 체결하여 우리의 죄 없는 양민들을 학살한 죄', 일곱째 '한국의 정치 및 그 밖의 권리를 빼앗은 죄', 여덟째 '한국의 교과서들을 모두 불태운 죄', 아홉째 '한국 국민의 신문 구독을 금지한 죄', 열째 '마음대로 화폐를 개혁하고 한국 국민 몰래 제일은행권을 발행한 죄'.

변호사가 다급하게 끼어들었다.

변호사: 이 사건은 검찰관의 공소장을 보아도 알다시피 단순한 살인죄에 불과합니다. 법률이 살인죄에 대해 형법을 만들어 보호하고자 하는 것은 결국 우리의 '생명' 그 자체입니다. 피해자의 신분과는 상관없이 모든 생명은 동등하게 대우받아야 합니다. 바꾸어 말하면 고위 관료라 해도 법에서는 일반 백성과 똑같이 취급한다는 말입니다. 바라건대 이제까지 본 건에 대해 재판관 각하가 보여주신 공평한 조치가 유종의 미를 거두기를 간절히 바랍니다.

춤을 멈춘 무용수들이 무대 위와 아래를 이리저리 뛰어다닌다. 대금과 태평소의 곡조가 빨라지고 무대가 혼란스러워진다. 무용수들은 어디선가 의자와 책상, 간이 칠판 등을 가져온다. 그러곤 안중근 의사를 보호하기 위해 그의 주변에 바리케이드처럼 쌓아 올리기 시작한다.

학생들(외침): 열한째 '한국 국민의 부담으로 돌아갈 국채를 모집하여 강제로 빚을 지게 한 죄', 열두째 '동양의 평화를 교란한 죄', 열셋째 '일본이 한국을 보호하고 있

다고 거짓말을 한 죄', 열넷째 '현 일본 황제의 부군父
君을 살해한 죄', 열다섯째 '한국 국민이 분개하고 있
음에도 불구하고 세계 각국에 태평성대하다고 거짓을
퍼뜨린 죄'.

재판장: 피고의 진술과 같이 정말 원대한 목적을 가지고 있
　　　 었다고 한다면, 현장에서 체포당하지 않도록 도주를
　　　 꾀했을 것으로 생각하는데, 피고는 도주할 작정이었는
　　　 가.

　이때 안중근 의사가 바리케이드를 허물고 무대 앞으로 걸
어 나온다.

안중근: 나는 결코 도주할 생각 따위는 없었다.

재판장: 기존에 제출된 증거 이외 피고인에게 유리한 증거가
　　　 될 만한 것이 있으면 진술하라.

안중근: 증거물에 대해서는 더 할 말이 없다. 다만 나의 목적
　　　 에 대해서는 하고 싶은 말이 많다.

재판장: 이 자리는 의견을 말하는 자리가 아니다. 재판과 관련된 이야기만 간추려서 말하라. 만일 사건과 관계없는 말을 하면 바로 저지시키겠다.

안중근: 나는 헛되이 살인을 좋아해서 이토를 죽인 것이 아니다. 단지 나의 큰 목적을 발표하는 하나의 수단으로서 한 것이기 때문에, 세상의 오해를 없애기 위해 다음과 같이 진술하고자 한다. 이번의 거사는 나 개인을 위해 한 것이 아니고 동양 평화를 위해 한 것이다. 이토가 통감으로 한국에 와서 인민들을 속여 을사년 5개 조약과 정미년 7개 조약을 강제로 체결한 이후 한국은 더욱더 불이익을 당했을 뿐만 아니라, 있어서는 안 될 일로, 황제의 폐위까지 행해졌다. 그래서 모두 이토 통감을 원수로 생각하고 있다. 따라서 나는 삼 년간 곳곳에서 유세도 하고, 또 의병의 참모중장으로서 각지의 싸움에도 참여했다. 이번의 거사도 한국 독립전쟁의 하나로, 나는 의병의 참모중장으로서 한국을 위해 결행한 것이지 보통의 자객으로서 저지른 것이 아니다. 따라서 지금 나는 피고인이 아니라 적군에 의해 포로가 돼 있는 것이다. 일본 천황의 뜻은 한국의 독립을 공고히 하고 동양의 평화를 유지한다는 것인데, 이토가 통

감으로 한국에 오고부터 그가 하는 방식이 이에 반하기 때문에 한일 양국은 지금도 싸우고 있는 것이다. 그리고 한국의 외부와 법부 및 통신기관 등은 모두 일본이 인계하기로 했는데, 그래서는 한국의 독립이 공고하게 될 까닭이 없다. 그러므로 이토는 한국과 일본에 대한 역적이다. 특히 이토는 앞서 명성황후를 살해하게 한 일도 있다. 또 이런 일은 이미 신문 등에 의해 세상에 발표된 것이라 말하는 것인데, 우리는 일찍이 이토가 일본에 대해 공로가 있다는 것은 듣고 있었지만, 다른 한편으로는 일본 천황에 대해서 역적이라는 것도 들었다. 이제부터 그 사실을 말하고자 한다.

이때 재판장이 당황한 듯 안중근 의사의 말을 끊는다.

재판장: 피고의 진술은 사회의 안녕과 질서를 해칠 우려가 있다고 판단된다. 지금부터 재판의 공개를 중지한다. 방청인들을 모두 퇴정하라.

암전

10

갑작스러운 퇴정 선언에 재판정 안이 소란스러워졌다. 방청객들은 당혹스러운 표정을 숨기지 못한 채 출구로 모여들었다. 그 사람들 틈에 언뜻 낯익은 얼굴이 보였다. 기옥. 나는 자리에서 일어나 다시 한번 그쪽을 살폈다. 기옥도 이 재판을 보고 있었던 걸까. 하지만 급히 몰려드는 방청객들 때문에 기옥을 다시 찾을 수는 없었다. 눈으로 계속 주변을 살피고 있는데 뭔가 기분이 묘했다. 이게 어떻게 된 거지? 낯이 익다. 서둘러 재판정을 빠져나가는 방청객들의 얼굴이 다 조금씩은 낯이 익어. 어디서 본 사람들일까. 아무리 기억을 헤집어봐도 떠오르지 않았다. 혹시 이들도 기옥처럼, 아니 나처럼 다른 세계에서 온 사람들일까.

"뭐 해? 우리도 나가자."

가방을 다 챙긴 모리머 기자가 내 어깨를 툭 치며 일어섰다. 다른 나라에서 온 기자들도 모두 어이가 없다는 표정으로 자리에서 일어나고 있었다. 나는 피고인석에서 우리를 등지고 앉아 있는 안중근, 우덕순, 조도선, 유동하 지사의 뒷모습을 다시 한번 바라봤다. 안중근 의사는 침묵 속에 정면을 응시하고 있었고, 우덕순, 조도선 지사는 고개를 떨군 채 바닥을 내려보고 있었다. 그리고 내가 통로 쪽으로 막 들어서는데 유동하 지사가 고개를 돌려 뒤를 돌아다보았다. 그 순간 나는 발을 뗄 수가 없었다. 유동하 지사와 눈이 마주쳤기 때문이다. 그의 눈동자는 깊은 슬픔과 결연한 의지로 가득 차 있었다. 나라를 잃은 슬픔, 그리고 반드시 되찾고야 말겠다는 굳건한 의지. 유동하 지사의 눈동자가 내게 말을 건네고 있었다. 우리 사이에는 포승줄과 일본 군인, 그리고 100년이 넘는 세월이 있었지만 나는 그의 말을 알아들을 수 있었다. 몇 초밖에 되지 않는 짧은 시간이었지만, 내게는 영원과도 같은 순간이었다.

법원 로비에는 외신 기자들이 삼삼오오 모여 있었다. 다들 재판의 흐름이 예상 밖이라는 듯 조금씩은 상기된 얼굴이었다. 그 앞을 지나는데 '군인, 정당방위, 국제법'과 같은 단어들이 들려왔다.
"머리라도 식힐 겸 좀 걸을까?"

내가 생각이 많아 보였는지 모리머 기자가 앞장서며 말했다. 법원은 3학년 1반 교실이었다. 문밖으로는 끝이 보이지 않는 어두운 복도가 펼쳐져 있었다.

"재판을 취재하는 건 처음이라고 했지?"

"네. 처음이에요."

"직접 보니까 어때? 아까 뭔가를 골똘히 생각하는 것 같던데."

"글쎄요. 잘 모르겠어요. 변호사가 원래 이렇게 도움이 안되는 건가 싶기도 하고, 갑자기 방청객들을 퇴장시키는 걸 보면 재판부가 뭔가를 두려워하는 것 같기도 하고요."

"그래. 일반적인 재판하고는 좀 다르지."

모리머 기자가 창밖을 올려다봤다. 흐릿하게 빛나는 초승달 아래로 구름이 몰려들고 있었다. 우리는 잠시 말없이 걸었다. 어둠이 안개처럼 시야를 흐렸다가도 가까이 다가가면 이내 사방으로 흩어졌다.

"어떨 거 같아요? 이 재판의 결과가."

나는 외국인의 눈에 비친 안중근 의사와 하얼빈 의거가 궁금했다.

"내가 이 재판의 목적을 모르겠다고 했던 거 기억나니?"

"그럼요. 기억나죠."

"이제는 알 것 같아. 일본 외무성이 이 재판을 통해 무엇을 얻고자 하는지."

"그게 뭔데요?"

"외무성은 안중근을 단순한 살인범으로 만들고 싶은 거야. 그래야 이 사건은 무지하고 파렴치한 범죄자가 저지른 살인 사건이 되니까."

"네? 그렇게 해서 일본이 얻는 게 뭐죠?"

"사건의 의미를 축소하는 거지. 그들이 가장 두려워하는 건 이 사건을 통해 조선인의 분노가 전 세계에 알려지는 거야."

"아하, 그런 면에선 변호사도 한편이겠군요? 변호사가 검찰관의 공소장을 인용하며 단순한 살인죄에 불과하다고 말할 때 깜짝 놀랐어요."

"그래. 변호사와 검찰관이 한 팀인 것처럼 움직이는 게 참 아이러니하지. 하지만 이 사건이 과연 그들의 주장처럼 단순한 살인 사건일까? 만약 안중근의 주장대로 대한의군의 참모중장이 군사행동의 일환으로 이토를 저격한 것이라면? 이 사건은 형사 재판이 아니라 군사 재판으로 가는 게 맞을 거야. 그러면 쟁점이 되는 것은 안중근이 형법이 아니라 국제법을 위반했느냐의 여부일 테고. 그런데 재판을 보며 내가 정말 놀란 게 뭔 줄 알아?"

"뭔데요?"

"정작 안중근은 자신의 형량을 낮추는 데 전혀 관심이 없다는 거야. 피고 대부분은 재판장 앞에서 머리를 조아리고 반성하는 척을 하면서 어떻게든 처벌의 수위를 낮추려고 애쓰거든. 그런데 안중근은 전혀 그러지를 않아. 재판관 앞에서 오히려 더 당당하게 자신의 주장을 펼치고 있어. 그 내용 또한 지금껏 우리가 알고 있던 것과는 너무 달라서 충격적이고. 일본은 이제껏 조선인들이 일본의 식민지가 된 것을 환영한다고 선전해왔으니까."

"그럼 이 재판도 처음부터 안중근 의사의 계획 속에 포함되어 있었다는 건가요?"

"안중근의 총에는 총알이 한 발 남아 있었어. 그가 만약 도망치거나 자결하길 원했다면 그 기회가 있었을지도 모르지. 하지만 안중근은 그러지 않았어. 그는 순순히 체포됐지."

"왜 그랬을까요?"

"이토 히로부미를 죽인 암살범의 재판에는 세계의 이목이 집중될 테니까."

사실 나는 이 재판에서 창은 검찰관, 방패는 안중근 의사라고 생각했다. 일어난 사건에 대해 검찰관은 죄를 밝히려 하고 피고는 그것을 감추려 할 테니까. 그런데 재판은 전혀 다른 양상으로 흘러가고 있었다. '피고가 죄를 묻는다. 검찰관이 죄를 숨긴다. 변호사는 검찰관과 한통속이며 판사는 두려움에 떨고 있다.' 이것이었을까. 안중근 의사가 의도했던 것이. 어쩌면 이토 히로부미를 죽인 것은 거사의 끝이 아니라 시작이었는지도 모른다.

"명성황후의 시해범들이 재판에서 어떤 판결을 받았는지 아니?"

"아니요."

"일본은 명성황후 시해 사건 직후 피의자들을 모두 일본으로 빼돌렸어. 그리고 일본에서 재판을 받았지. 피의자들은 모두 마흔여덟 명이었어. 마흔여덟 명. 혹시 '기쿠치 겐조'라고 들어봤니?"

"처음 들어요."

"1893년에 조선에 들어온 일본 기자야. '조선은 3천 년 전부터 중국의 속국으로 한 번도 독립국이었던 적이 없던 미개한 민족'이라고 썼지. 기쿠치 겐조. 그자도 명성황후 시해 사건의 가담자 중 한 명이었어."

"네? 명성황후를 시해한 범인 중에 기자도 있었다고요? 저는 일본에서 온 자객들이 그런 줄 알았어요."

"그래. 낭인이라 불렸지. 하지만 그중엔 우리와 같은 민간인도 있었어. 일본은 그들을 빼돌려 히로시마 지방법원에 세웠어."

"그렇다면 결과는 안 봐도 뻔하겠군요?"

"그래. 마흔여덟 명 모두 무죄 판결을 받았어."

모리머 기자가 다시 한번 발걸음을 멈췄다. 도서관 앞이었다.

"기쿠치 겐조는 이후 조선에 돌아와 '한성신보'의 사장이 되었지. 러일전쟁 직후에는 '대동신보'를 창간했고. 그는 평생 조선 침략과 식민 통치를 합리화하는 데 앞장섰어."

나는 충격에 입을 다물 수 없었다. 모리머 기자가 도서관의 문을 열며 말을 이었다.

"조선에서는 책을 내는 것도, 신문을 발간하거나 기사를 쓰는 것도 마음대로 할 수 없다고 하던데. 총독부의 검열을 받아야 한다고."

나는 모리머 기자를 따라 도서관 안으로 들어갔다.

"안중근은 재판장을 바라보며 말했지만 사실 그의 마음은 방청석을 향하고 있었을 거야. 방청석에 앉아 있는 300여 명의 방청객과 세계 각지에서 온 기자들. 비록 자신은 머지않아 죽게 되더라도, 자신이 알리고자 한 진실만은 누군가 계속 이어서 말해주길, 그리고 널리 알려주길 그는 바라고 있을 테니까. 그가 만약 조선의 젊은 청년이 방청석에 있는 걸 알았다면 매우 기뻐했을걸?"

"정말 그랬을까요? 전 단지 견습기자일 뿐인데."

"네가 견습기자건 아니건 그건 중요하지 않아. 중요한 건 네가 알고 있다는 거야. 기억하고 있다는 거. 안중근 외에도 조선의 독립을 위해 싸우고 있는 사람들이 많다지. 반드시 오늘이 아니어도 상관없어. 언젠가 네가 독립운동에 관해 글을 쓰게 된다면, 혹은 친구들, 후배들, 아이들과 이야기를 나누게 된다면 그들로선 더 바랄 게 없겠지. 그렇게 진실은 계속 전진할 테니까."

모리머 기자의 말을 들으며 처음으로 밤의 학교에 오길 잘했다는 생각이 들었다. 사실 나는 지난 며칠 동안 아무것도 바꾸지 못했다는 무력감에 조금씩 우울해지던 터였다.

"잊지 마. 학교야말로 과거와 현재 그리고 미래가 다 함께 모여 있는 유일한 공간이라는 것을."

"네?"

나는 정신이 번쩍 들었다. 여기가 학교라는 걸 모리머 기자가 어떻게 알지? 나는 발걸음을 멈추고 모리머 기자의 등을 가만히 바라봤다. 새벽안개가 그의 몸을 감싸고 있었다. 불과 한 걸음 앞에 있을 뿐인데도 문득 그와의 거리가 아득하게 느껴졌다. 아니, 어쩌면 그 반대인지도 모른다. 아득하던 세계가 지금 내 눈앞에 펼쳐져 있는 것인지도. 우리는 역사 서가 앞에 서 있었다. 나는 눈을 감고 가만히 모리머 기자의 어깨에 손을 올렸다. 하지만 어느새 그의 어깨 대신 두툼한 책 한 권이 손에 잡혔다. 나는 그 책을 꺼내 들었다. 그러곤 아무 페이지나 펼쳐 읽기 시작했다. 책장의 틈 사이로 아침 햇살이 쏟아져 내릴 때까지.

11

　기옥을 만나야겠다. 화장실 세면대에서 머리를 감다가 문득 떠오른 생각이다. 지난 며칠간 일어난 이 모든 일의 시작에는 기옥이 있었으니까. 나처럼 학교의 밤과 낮을 오가는 기옥에게 몇 가지 물어보고 싶은 게 있었다. 하지만 기옥을 어디서 찾아야 할까. 어젯밤 마주친 3학년 교실은 물론 주변 복도에도 기옥은 보이지 않았다. 아직 친구들이 등교하기에는 이른 시간. 교정 어딘가에 있다면 평소보다 눈에 더 잘 띌 텐데.

　나는 운동장 스탠드에 앉아 기지개를 켰다. 절로 하품이 나오고 눈가에 눈물이 맺혔다. 내가 잠을 자긴 한 건지, 아니 잠에서 깨긴 한 건지. 동쪽 하늘에 걸린 해를 보면서도 분간이 안 돼 일어나 체조를 했다. 하나둘, 하나둘. 그 순간 문득 운동장 맞은편에서 인기척이 느껴졌다. 테니스장이었다.

누가 있어. 나는 스탠드 계단을 성큼성큼 뛰어 내려갔다. 하지만 테니스장에는 초록색 라인기만 덩그러니 놓여 있을 뿐 사람은 그림자도 보이지 않았다. 네트가 바람에 흔들린 걸 잘못 본 것일까. 혼자서 괜히 무안해진 나는 라인기를 살짝 밀어봤다. 그러자 하얀 석회 가루가 쏟아지며 선명한 선이 그어졌다. 어라? 이거 생각보다 신기하네. 나는 이제껏 한 번도 라인기를 밀어본 적이 없다. 선생님이나 체육부장이 밀고 다니는 걸 본 적은 있지만 사실 그때는 관심도 없었다. 그런데 오늘은 문득 텅 빈 운동장 위에서 라인기를 밀고 싶은 충동이 일었다. 어차피 기존에 그어놓은 선들은 거의 지워지고 흔적만 남아 있었다. 설마 운동장에 선 좀 그었다고 혼나지는 않겠지.

나는 라인기를 밀며 운동장으로 나갔다. 라인기가 덜덜거리며 생각보다 부드럽게 나아가진 않았지만, 아침 햇살을 맞으며 선을 긋는 기분이 나쁘지 않았다. 이것도 일탈이라고 할 수 있으려나. 선생님들 몰래 학교에서 자는 것도 그렇고 요즘 사실 나는 자주 선을 넘나들고 있었다. 이게 잘하고 있는 건지, 행여나 잘못을 저지르고 있는 건 아닌지. 뒤를 돌아보니 내가 라인기를 밀고 온 자리엔 선명하게 선이 그어져 있었다.

불과 1분 전에는 존재하지 않았던 새하얀 경계들. 왼쪽과

오른쪽, 내부와 외부, 혹은 과거와 미래. 또다시 몽롱한 기분으로 선을 그으며 나아가는 순간 뒤쪽에서 인기척이 느껴졌다. 기옥이 평균대를 건너듯 양팔을 벌리고 하얀 선을 따라 걸어오고 있었다.

 "안녕!"
 "어? 아, 안녕."
 갑자기 나타난 기옥의 모습에 당황했지만 나는 아무렇지 않은 척 손을 들어 가볍게 인사했다.
 "좋은 아침이야."
 "그, 그래. 여기서 뭐 해?"
 "운동 중이었어. 넌?"
 "나? 글쎄."
 그러고 보니 내가 여기서 뭘 하는 걸까? 적당히 대답할 만한 말이 떠오르지 않아서 기옥을 처음 본 날에 관한 질문을 했다.
 "혹시 며칠 전 축구 골대에 거꾸로 매달려 있었던 거, 너 맞지?"
 "맞아. 봤구나?"
 "응, 매달려 있는 거 보고 깜짝 놀랐어. 그것도 운동의 일종이야?"

"글쎄, 그건 운동보다는 훈련이라고 말하는 게 더 정확하겠다."

"훈련?"

"거꾸로 매달려 있는 훈련. 비행학교에서 주로 하는 훈련이야. 그래야 배면비행을 오래 할 수 있거든. 물론 거기에선 축구 골대를 놓고 훈련하지는 않겠지만."

"배면비행이라면 비행기가 뒤집힌 상태로 날아가는 거 말하는 거지?"

"맞아, 난 반드시 비행사가 될 거거든. 그래서 틈틈이 훈련해두는 거야."

"그렇구나. 잘 어울린다."

"사실은 오늘 비행학교로 떠나. 그래서 인사하려고 온 거야."

"아, 비행학교라면 혹시 중국에 있는…."

"응, 쿤밍의 윈난항공학교로 갈 거야."

역시 내 예상이 맞았다. '총독부에 폭탄을 퍼붓는 그날까지 포기하지 않을 것입니다'라고 적혀 있던 엽서. 지난 며칠 동안의 모든 일은 내가 우연히 기옥의 실체 엽서를 갖게 되면서부터 시작된 것이었다.

"그런데 사실 아직 정해진 건 아무것도 없어. 중국의 항공학교는 여학생을 받은 적이 없거든. 먼저 찾아간 두 학교에서도 여자라는 이유로 입학을 거절당했어. 하지만 윈난항공 학교에는 무슨 수를 써서라도 들어가고 말 거야."

"걱정하지 마. 넌 틀림없이 할 수 있을 거야. 내 확신을 믿어도 돼."

기옥이 뜻 모를 표정으로 살짝 미소를 지었다.

"네 말대로 정말 잘됐으면 좋겠다. 넌 어때? 목표는 정했어?"

"목표?"

"가고 싶은 학교나 전공, 아니면 이루고 싶은 꿈 같은 거."

"글쎄, 시 쓰는 걸 좋아하긴 하지만 시인이 되고 싶은 건지는 잘 모르겠어. 어른이 돼서도 계속 시를 쓸 수 있을지. 시를 좋아하는 마음만 가지고 언제까지, 어디까지 갈 수 있을지도 모르겠고."

"그렇구나. 나는 문학을 잘 모르지만 네가 시를 사랑하는 마음을 친구처럼 평생 마음속에 간직하고 살아간다면 그것도 멋진 일이라 생각해. 실은 내게도 그런 꿈이 하나 있거든."

"그래? 그게 뭔데?"

"나는 역사책을 만들고 싶어. 우리나라에서 한 해 동안 일어난 일들을 세세하게 요약하고 정리해서 매년 책으로 만드는 거야."

"오, 그거 재밌겠다. 나도 역사를 좋아해. 중학교 때는 친구들과 역사 탐방 동아리도 하고 그랬어."

"그거야말로 재밌었겠네. 하지만 난 학교에서 배우는 역사는 좋아하지 않아."

"왜?"

"내가 있는 곳에서 배우는 건 한국사가 아니라 일본사거든."

기옥이 씁쓸한 미소를 지으며 덧붙였다.

"국어 시간에는 일본어를 배우고."

"아, 그렇구나. 몰랐어."

"그래서 일단은 항공학교로 가는 거야. 역사책을 만드는 일은 그다음에, 해방된 조국에서."

정문 쪽이 조금씩 소란스러워지기 시작했다. 버스가 도착했는지 아이들이 하나둘 운동장 쪽으로 걸어 올라오는 게 보였다.

"이제 그만 가야겠어."

기옥이 소리가 나는 쪽을 힐끗 내려다보며 말했다.

"그래, 만나서 정말 영광… 아니, 반가웠어."

기옥이 살짝 미소 지으며 하얀 선 옆으로 발을 옮겼다. 한 걸음 멀어졌을 뿐인데 어쩐지 아득한 거리에 서 있는 것만 같았다.

"자, 잠깐만. 뭐 하나만 물어봐도 될까?"

기옥에게 꼭 좀 물어보고 싶은 게 있었는데 이제야 떠올랐다.

"뭔데?"

"이쪽 세계 말고 저쪽 세계에서 만났을 때 궁금한 게 있는데 말이야."

기옥이 알 듯 모를 듯 한 미소를 지었다. 햇빛에 눈이 부셔서인지 기옥이 점점 흐려지고 있었다.

"내가 궁금한 게 뭐냐면 문 같은 게 있나 하고. 나는 밤 열두 시가 넘어야만 그리로 갈 수 있는데 너는 그게 아닌 거 같아서. 언제든 갈 수 있는 문 말이야. 두 세계가 연결된 통로. 그런 게 있니?"

다급해서인지 나도 모르게 목소리가 커졌다.

"있어."

"역시 그렇구나. 혹시 나한테 가르쳐줄 수 있어?"

"그럼. 당연하지! 그건 학교에…."

그 순간 기옥은 모습뿐 아니라 목소리까지도 빠르게 흐려지고 있었다.

"응, 학교 어디에?"

"일제강점기부터 지금까지 사용하고 있는…."

"일제강점기부터 여태 쓰고 있는 게 있다고?"

"그걸 열면…."

"응? 뭘 열라고?"

나는 기옥의 말을 붙잡으려 애썼지만 더 이상의 대답을 들을 수는 없었다. 기옥이 서 있던 자리에는 어느새 하얀 가루만이 흩날리고 있을 뿐, 이른 아침의 운동장은 또다시 침묵 속에 빠져들고 있었다.

그날 이후 나는 본격적으로 실체 엽서를 모으기 시작했다. 특히 일제강점기에 쓴 것으로 추정되는 엽서는 보이는 대로 사 모았다. 기존에 주로 구매하던 인터넷 쇼핑몰뿐 아니라 중고 거래 사이트도 매일 체크했다. 이런 내 열정에 감동했는지 기웅이가 자기만 아는 비밀창고가 있다며 함께 가자고 했다. 명동 뒷골목에 있는 골동품 가게인데, 사장님이 철거업체와 함께 전국을 다니며 현장에서 나오는 오래된 물건들을 모아온다는 것이다. 그중에서 특별히 값이 나가거나 부피가 큰 것들은 경매장에서 팔고, 작고 소소한 것들은 자신의 매장에서 판다고 했다.

"너도 가보면 범상치 않은 곳이라는 걸 바로 알 수 있을 거야. 내가 전에 보여준 공군사관학교 개교 기념엽서 있잖아. 그것도 거기서 찾은 거야."

"그렇게 좋은 곳을 여태 혼자만 알고 있었단 말이지?"

기웅이와 나는 자율학습을 조퇴하고 곧바로 학교를 나섰다. 실체 엽서를 사기 위해 오프라인 매장을 찾아가는 건 처음이었다. 며칠 동안 학교에만 있다가 명동에 나가니 소풍이라도 가는 것처럼 설렜다. 어쩐지 아주 중요한 엽서를 찾게 될 것만 같은 예감이 들었다.

상담실에 들어서던 대식이 삼촌은 테이블 위에 펼쳐놓은 일본 문서를 보고는 장난스레 말했다.

"도오사레마시타카?"(무슨 일이신가요?)

외무 공무원이었던 아버지를 따라 어린 시절을 일본에서 보냈다는 삼촌은 가끔씩 내게 일본어를 가르쳐주곤 했다.

"고, 고레와 난데쓰카?"(이것은 무엇인가요?)

나는 어제 골동품 상점에서 사온 문서를 대식이 삼촌 앞으로 내밀었다.

"의문형이니까 끝음을 좀 더 올려야지. 그래도 발음이 많이 좋아지긴 했어. 그런데 이건 어디서 난 거야?"

한눈에 보기에도 뭔가 심상치 않은 물건이라는 듯 대식이 삼촌의 표정이 자못 진지해졌다.

"명동에 오래된 물건을 파는 가게가 있어요. 엽서를 사러 갔는데 제가 찾는 건 없더라고요. 그런데 주인아저씨가 폐기 처분한다고 따로 빼놓은 물건 더미에서 이걸 발견했어요."

"이건 일본 고문서 같은데."

"네. 전부 일본어라서. 혹시 뭔가 귀한 자료는 아닌가 하고요."

"흠, 그건 읽어보면 알겠지만 어쩨 심상치는 않아 보이는
데….'

대식이 삼촌의 눈빛이 반짝였다. 삼촌은 한참을 별다른 말
없이 들여다보기만 했다. 상담실의 침묵을 깬 것은 5교시 시
작종이었다.

"이건 내가 좀 더 들여다봐야겠는데? 글자만 읽어서는 알
수가 없고 자료도 좀 찾아봐야 정확히 알 수 있겠어. 이거 내
가 하루만 빌려 가도 되지?"

"물론이죠."

예상보다 심각한 삼촌의 반응을 보니 뭔가 중요한 내용의
문서인 것 같다는 느낌이 들었다.

선생님 생각

재판장이 말한다. "피고는 최후 진술을 하라."

다시 무대에 불이 들어오면 감방을 나타내는 철창이 무대 안쪽으로 크게 둘러쳐져 있다. 철창의 맨 위에는 '뤼순 감옥'이라고 적혀 있다. 그리고 철창 앞에는 스크린이 걸려 있다. 무대 한가운데에 홀로 선 안중근 의사가 말한다.

안중근: 러일전쟁에 대한 일본 천황의 선전 조칙에는 동양의 평화를 유지하고 한국의 독립을 공고히 한다는 말이 있었기 때문에 한국의 인민들은 일본과 더불어 동양에 설 것을 희망하고 있었다. 하지만 이토의 정책은 이와 반대되는 것이었기 때문에 각처에서 의병이 일어났던 것이다. 이후에도 이토의 시정방침은 변경되지

않았다. 그래서 당시 황제의 밀사로 이준, 이상설, 이위종이 헤이그의 평화회의에 가서 5개 조의 을사조약은 이토가 병력으로 체결한 것이니 만국공법에 따라 처분해 달라고 호소했다. 그러자 이토는 한밤중에 칼을 뽑아 들고 황제를 협박해서 7개 조의 정미조약을 체결시켰다. 이에 국민들이 격분하여 오늘날까지 일본군과 싸우고 있으며 아직도 수습되지 않았다. 이로 인해 십만 이상의 국민이 학살됐다. 이처럼 한 명을 죽이면 열 명, 열 명을 죽이면 백 명의 의병이 일어나는 상황이 되어, 시정방침을 개선하지 않으면 한일 간의 전쟁은 영원히 끊이지 않을 것이라고 생각한다. 내가 이토를 죽인 이유는 이토가 있으면 동양의 평화를 어지럽게 하고 한일 간이 멀어지게 되기 때문에 한국의 의병 중장의 자격으로 죄인을 처단한 것이다. 그리고 나는 한일 양국이 더 친밀해지고, 또 평화롭게 다스려지면 나아가서 오대주에도 모범이 돼줄 것을 희망하고 있었다. 결코 나는 오해하고 죽인 것이 아니다. 나의 목적을 달성할 기회를 얻기 위해 한 것이다.

다시 암전되면 재판장의 목소리가 들린다.

재판장: 법원은 심리를 마치고 다음과 같이 판결한다. 피고 우덕순을 징역 3년에 처한다. 피고 조도선과 유동하를 각각 징역 1년 6월에 처한다. 그리고 피고 안중근을 사형에 처한다.

암전된 상태에서 스크린에 1910년 4월 16일 자 영국 신문 《더 그래픽》이 떠오른다. 그 위로 안중근 의사의 재판을 다룬 기사가 겹쳐진다.

형을 선고받은 후 안중근은 기뻐하는 모습이 역력했다. 그가 재판을 받는 동안 법정에서 자신의 정당성을 주장하는 열변을 토하며 두려워한 것이 하나 있었다면, 그것은 혹시라도 이 법정이 오히려 자기를 무죄 방면하지나 않을까 하는 의심이었다. 그는 이미 순교자가 될 준비가 되어 있었다. 준비 정도가 아니고 기꺼이, 아니 열렬히, 자신의 귀중한 삶을 포기하고 싶어 했다. 그는 마침내 영웅의 왕관을 손에 들고 늠름하게 법정을 떠났다. 일본 정부가 그처럼 공들여 완벽하게 진행하고 현명하게 처리한, 이 세상을 떠들썩하게 만든 일본식의 한 '유명한 재판 사건'은 결국 암살자 안중근과 그를 따라 범행에 잘못 인도된 애국 동지들의 승리로 끝난 것이 아닐까.

마지막으로 이 기사를 작성한 기자 이름이 보인다.

찰스 모리머Charles Morrimer.

슬픈 음악이 흐르는 가운데 스크린에 안중근 의사의 사진
이 뜬다. 그 아래에 자막.

대한의군 참모중장 도마 안중근(1879. 9. 2~1910. 3. 26.)
뤼순 감옥에서 사형 집행

이어서 이회영 선생의 사진.

독립운동가 우당 이회영(1867. 3. 17~1932. 11. 17.)
뤼순 감옥에서 옥사

이어서 신채호 선생의 사진이 뜬다.

독립운동가, 역사가 단재 신채호(1880. 11. 7~1936. 2. 21.)
뤼순 감옥에서 옥사

무대 전체에 불이 들어오면 재판정 뒤쪽에 앉아 있던 열
명의 학생들이 일렬로 무대 앞쪽에 나란히 서 있다. 가운데

에 선 두 학생이 한목소리로 심훈 선생의 시 「선생님 생각」
을 읽는다.

선생님 생각[21]

날이 몹시도 춥습니다.
방 속에서 떠다 놓은 숭늉이 얼구요,
오늘밤엔 영하로도 이십 도나 된답니다.
선생님께서는 그 속에서 오죽이나 추우시리까?
얼음장같이 차디찬 마루방 위에
담요 자락으로 노쇠한 몸을 두르신
선생님의 그 모양 뵈옵는 듯합니다.

석탄을 한 아궁이나 지펴 넣은 온돌 위에서
홀로 딩굴며 생각하는 제 마음속에
오싹오싹 소름이 돋습니다그려.
아아 무엇을 망설이고 진작 따르지 못했을까요?
남아 있어 저 한 몸은 편하고 부드러워도
가슴속엔 성에가 슬고 눈물이 고드름 됩니다.

---

21 심훈 선생은 3.1운동으로 서대문형무소에 투옥되었다. 이후 중국으로 망명하여
    우당 이회영 선생과 단재 신채호 선생으로부터 많은 영향을 받았다.

선생님 저희는 선생님보다 나이가 젊은데요,
어째서 벌써 혈관의 피가 말랐을까요?
이 한밤엔 창밖에 고구마 장수의 외치는 소리도
떨리다가는 길바닥에 얼어붙고
제 마음은 스러져 가는 화로 속에 깜박거리는
한 덩이 숯만치나 더웠으면 합니다.

학생들이 다섯 명씩 무대 양쪽으로 갈라져 스크린 옆에 선
다. 스크린에는 태극기를 배경으로 선 두 청년의 사진과 함
께 낯선 이름이 떠오른다.

독립운동가 유상근(미상~1945. 8. 14.)
뤼순 감옥에서 광복 하루 전 옥사

독립운동가 최흥식(미상)
뤼순 감옥에서 옥사한 것으로 추정

잠시 후 글자는 다음과 같이 바뀐다.
한인애국단

암전

3부

또 하나의 문에 관하여

12

"다 왔어. 일어나."

누군가 어깨를 흔들어 눈을 뜨니 파란 유니폼을 입은 검표원이 서 있었다.

"여기가 어디예요?"

나는 눈을 비비며 차창 밖을 살폈다.

"종점이야."

버스 안에 승객은 나뿐이었다. 기사 아저씨도 내렸는지 운전석이 비어 있었다.

"빨리 가자. 곽윤 선생께서 기다리고 계실 거야."

곽윤 선생? 그게 누구지? 나는 빨리 상황을 파악해야 했다. 오늘은 어디로, 아니 몇 년도로 온 것일까. 내가 떠밀리듯 내려선 곳은 학교 앞 버스 종점이었다.

"이거 챙겨야지. 애가 정신을 어디에 두고."

검표원이 내게 책 꾸러미를 건넸다. 벽돌처럼 두꺼운 책 여섯 권이 두툼한 끈에 묶여 있었다.

"나 잠깐 사무실에 들렀다가 올게. 정류장 앞에서 오 분만 기다려."

대답할 새도 없이 검표원은 불이 켜진 건물 쪽으로 뛰어갔다. 20대 초반으로 보이는 그는 어깨가 넓고 잔근육이 많은 듯 몸이 단단해 보였다. 나는 잠시 멍하니 서서 하늘을 올려다봤다. 기옥은 떠났지만 밤의 학교는 여전히 분주하게 돌아가고 있었다. 오늘 밤은 누구의 실체 엽서로부터 비롯된 것일까.

"지환 동지?"

정류장 앞에 서 있는데 누군가 알은체를 했다. 약간 통통하고 수더분하게 생긴 남자였다. 나이는 검표원과 비슷해 보였다.

"유 동지에게 얘기 많이 들었소. 나 권칠성이라고 하오."

그가 손을 내밀며 인사했다.

"아, 네. 안녕하세요. 그런데 유 동지라면…."

나는 엉겁결에 손을 잡으며 말끝을 흐렸다.

"여기서 검표원으로 일하는 유상근 동지 말이오. 고향 후배라고 하던데, 아닌가?"

"아하, 맞습니다. 고향 후배. 제가 자다 깬 지 얼마 안 돼서 지금 정신이 좀 없습니다."

"이해하오. 먼 길을 오느라 얼마나 고생이 많았겠소. 자, 이걸로 목을 축이시오."

그가 품에 안고 있던 보온병에서 뭔가를 따라 내게 건넸다. 커피였다.

"얼마 전 새로 사귄 중국인이 이런 걸 들고 다니지 않겠소? 그도 나처럼 커피라면 사족을 못 쓰는 사람인데, 하도 좋다고 권하기에 나도 하나 장만했다오. 그런데 이건….."

그가 보온병을 자랑하다 말고 허리를 숙여 벤치 위에 내려놓은 책 꾸러미를 들여다봤다.

"곽 선생께서 오매불망 기다리고 계신 물건이 이거로군."

그는 뭔가 신비로운 물건을 대하듯 조심스레 책 표지를 쓰다듬으며 말했다.

"곽 선생님은 책을 정말 좋아하시나 봐요."

"그러게 말이오. 하하하."

농담을 한 건 아니었는데 그는 내 말이 웃긴다는 듯 호탕하게 웃었다.

"그런데 당최 그 속을 알 수가 있어야 말이지."

웃음 끝에 들릴 듯 말 듯 하게 한마디를 툭 내뱉고는 담배를 꺼내 물었다. 악의가 없어 보이는 선한 인상이었으나 어딘가 모르게 다소 경직돼 보이기도 했다.

"상하이는 처음이오?"

"네, 처음이에요."

"그럼 상하이에 아는 동지도 없고?"

"아, 네. 아직은 없습니다."

"프랑스 조계에는 조선인들이 많아서 금방 좋은 동지들을 사귈 수 있을 거요. 그럼 당분간은 유상근 동지와 함께 지내고?"

권칠성 동지는 쉬지 않고 질문을 했다. 어색함을 풀기 위해서인지, 아니면 정말 나한테 관심이 있어서 그러는 건지 알 수 없었다. 내가 쩔쩔매며 그의 질문 공세에 시달리고 있을 때 유상근 동지가 달려왔다.

"늦어서 미안하오. 오늘따라 정산하는데 회계원이 자꾸 꼬투리를 잡아서. 그나저나 권 동지는 여기까지 웬일이오?"

"곽윤 선생께서 잠도 못 주무시고 계시니 나까지 긴장이 돼서 이렇게 마중을 나온 거 아니겠소?"

"그렇군요. 선생께서 그렇게나 기다리신다니 어서 갑시다."

우리는 빠른 걸음으로 학교 정문을 지나 언덕길을 올랐다. 책들은 유상근 동지가 품에 안고 걸었다. 그래도 걷는 속도가 뒤처지지 않았다. 나는 두 사람보다 한 걸음 정도 뒤에서 열심히 따라 올라갔다. 밤늦은 시간이라 그런지 학교는 오가는 이 하나 없이 조용했다. 권칠성 동지도 걷는 동안은 말이 없었다. 한밤의 고요를 깨뜨리는 건 우리의 거친 숨소리와 발소리뿐이었다. 그런데 운동장 입구를 지나 학생회관 앞으로 접어드는 순간 어둠 속에서 인기척이 느껴졌다. 유상근 동지도 뭔가 심상치 않은 기운을 느꼈는지 갑자기 걸음을 멈췄다.

"왜 그러시오?"

권칠성 동지가 영문을 모르겠다는 듯 우리를 돌아보며 물었다.

"쉿!"

유상근 동지가 조용히 하라며 손가락을 입에 갖다 댔다. 그러곤 학생회관 처마 밑의 어둠 속을 가리켰다. 그러자 어둠 속에서 말쑥한 양복 차림의 사내가 걸어 나왔다.

"이런. 들키고 말았네. 깜짝 놀라게 해주려고 했는데 말이야."

사내의 손에는 권총이 들려 있었다.

"가토 네 이놈, 일본 경찰이 프랑스 조계까지 들어와서 뭐하는 짓이냐."

유상근 동지가 금방이라도 덤벼들 듯 격앙된 목소리로 말했다.

"선조치, 후보고. 선조치, 후승인. 이게 다 이봉창 그놈 때문이 아니겠나. 감히 천황폐하 면전에 폭탄을 던지다니. 조금이라도 수상한 불령선인들은 모두 다 잡아들이라는 명령이다. 사안의 심각성을 프랑스 당국도 인지하고 있는 만큼 체포 영장이 나오면 더 이상 집행을 막을 수는 없을 거야. 그나 저나 너희야말로 이 시간에 뭐 하고 있는 거냐."

"우, 우리는 그저 이, 일이 늦게 끝나 집으로 가는 길이었소. 보내주시오."

권칠성 동지가 두 손을 앞으로 내밀며 호소하듯 말했다.

"그럼, 보내주지. 내가 잡아먹기라도 하겠나. 다만 가슴에 품고 있는 그거, 그 책들 좀 보여주지 않겠나?"

"이, 이건."

유상근 동지가 책을 품에 안은 채로 한 발 뒤로 물러섰다. 가토가 권칠성 동지를 총구로 가리키며 말했다.

"어이, 네가 가서 책을 가져다 내 앞에 펼쳐놔. 너희 둘은 뒤로 두 발씩 물러서고."

유상근 동지는 책을 더 꽉 껴안았다. 그러나 권칠성 동지가 별일 없을 거라며 그를 설득했다. 그러고는 책을 가져가 가토 앞에 풀어놓았다.

"자, 이제 너도 저놈들 곁으로 가서 서."

가토가 총구를 우리 쪽으로 겨눈 채 가로등 불빛 아래서 책들을 살펴보기 시작했다. 한 권 한 권 펼쳐보고 흔들어보는 폼이 책 속에 뭔가 메시지가 적혀 있거나, 수상한 쪽지가 끼어 있지는 않은지 확인하는 눈치였다. 그렇게 한참 동안 책을 살펴보던 가토는 쓴 입맛을 다시며 일어섰다.

"네놈들이 오늘은 운이 좋구나. 오늘은 그냥 보내지만 허튼짓했다가는 제명에 못 죽을 줄 알아라."

총을 겨눈 채 뒷걸음질하던 가토는 이내 어둠 속으로 사라졌다. 유상근 동지는 재빨리 책들을 다시 끈으로 묶었다. 우리는 놀란 가슴을 쓸어내리며 학생회관 3층으로 올라갔다. 학생회관 1층에는 식당, 2층에는 동아리방, 3층에는 소강당과 소회의실이 있었다. 유상근 의사가 걸음을 멈춘 것은 소회의실 앞이었다.

"선생님, 유상근입니다. 지금 막 도착했습니다."

문을 두드리자마자 안에서 누군가 문을 열었다.

"자 어서 들어오시게."

소회의실로 들어서는 순간 덩치 큰 사내가 유상근 동지와 내 손을 덥석 잡았다. 손이 아주 크고 두꺼웠다.

"두 사람 다 수고가 많았네."

"아닙니다. 당연히 해야 하는 일을 했을 뿐입니다. 그리고 저보다는 지환 동지가…."

유상근 동지의 말에 곽윤 선생이 내 어깨를 두드리며 격려해주었다. 나도 고개를 들어 곽윤 선생의 얼굴을 마주 봤다. 그런데 그 얼굴이 너무나도 낯이 익었다. 이럴 수가, 곽윤 선생이라 불린 그분은 백범 김구 선생이었다.

"선생님, 방금 오는 길에 가토 경부를 만났습니다. 마치 우리가 이 시간에 올 줄 알고 있었다는 듯이 기다리고 있었습니다."

김구 선생은 놀라는 기색 없이 테이블 위에 올려놓은 책 꾸러미를 조심스레 풀기 시작했다.

"가토 그놈이 책들을 샅샅이 뒤졌는데 다행히 무엇도 발견하지 못했습니다. 얼마나 가슴을 졸였던지."

김구 선생은 당연하다는 듯 책들을 테이블 한편에 밀어놓았다. 그러고는 끈을 집어 들었다. 유 동지와 권 동지는 의아한 표정으로 그 모습을 지켜보고 있었다.

"미안하네. 상황이 상황인지라 내 자네들에게도 솔직히 말하지 못했네."

김구 선생이 끈을 문지르자 돌돌 말려 있던 부분들이 풀리면서 그 안에 적혀 있던 글자가 보이기 시작했다. 김구 선생이 애타게 기다리고 있던 것은 책이 아니라 책을 묶은 끈이었던 것이다. 말없이 끈에 적힌 글자들을 읽은 김구 선생이 손수건을 꺼내 눈가를 훔쳤다.

"유상근 단원, 드디어 소식이 왔네. 우리가 기다리던 소식일세."

"다행이군요. 그럼 저는 주저할 것 없이 바로 다롄으로 떠날 준비를 할까요?"

"그래주게. 자, 권칠성 단원은 이쪽으로 와서 잠깐 나 좀 도와주고."

김구 선생이 끈에 적은 편지를 유상근 동지에게 건넨 뒤 권칠성 동지와 함께 소회의실 안쪽에 마련된 작은방으로 들어갔다. 권칠성 동지도 편지의 내용이 궁금한 듯했지만 눈치로 보아 그 편지는 유상근 동지만 읽도록 허락된 것 같았다. 나는 유상근 동지 곁으로 가서 어깨 너머로 편지를 들여다봤다.

이쪽에서는 뱃사람을 교섭해놓았사오니 곧 물품과 사람을 보내오길 바라오며, 일자가 오래 걸리지 않도록 곧 회답하여 주시옵소서.   - 최흥식 상서上書

배 타고 어디 멀리 가기라도 하는 것일까. 유 동지는 거울 앞에서 옷매무새를 가다듬더니, 머리에 물을 발라 깔끔하게 뒤로 넘겼다.

"자, 이쪽으로 서게."

방에서 나온 권 동지의 손에는 카메라가, 김구 선생이 가리킨 벽에는 태극기가 걸려 있었다. 아, 이 장면 왠지 낯이 익은데. 유상근 동지가 태극기를 등지고 서서 결의에 찬 표정으로 카메라를 마주 보는 순간, 양손에 수류탄을 들고 밝게 웃던 이봉창 의사, 오른손엔 권총을 왼손엔 수류탄을 들고 지긋이 미소 짓던 윤봉길 의사의 얼굴이 겹쳐졌다.

"너까지 끌어들여서 미안해. 너는 거사가 시작되면 이 일에서 빠져."

학생회관을 나와 본관으로 걸어가는 길에 유 동지가 말했다. 그는 김구 선생에게 받은 수통형 폭탄을 보자기에 싸서 어깨에 둘러메고 걸었다.

"거사라는 게 배를 타고 어디를 가는 건가요?"

나는 아까 편지에서 본 내용을 떠올리며 물었다.

"아니, 그건 일종의 암호야. 뱃사람은 현지 조력자, 물품은 폭탄, 사람은 함께 거사를 도모할 동지를 뜻해."

"그렇다면 편지를 보낸 분은…."

"최흥식 동지는 나와 같은 한인애국단원이야. 아까 함께 있었던 권칠성 동지도 마찬가지. 우리는 일본 요인 암살을 목적으로 만들어진 임시정부 특무단이야."

"아, 그럼 윤봉길 의사도 아시겠네요?"

"응? 누구?"

유 동지는 놀란 얼굴로 내게 되물었다. 내 입에서 나온 이름을 다시 한번 확인하려는 것도 같았고, 정말 몰라서 되묻는 것도 같았다.

"아, 그 윤봉길 동지라고 상하이 홍커우 공원에서…."

"모든 단원의 이름과 임무를 알고 있는 사람은 곽윤 선생뿐이야. 단원들조차도 서로가 한인애국단원인지 모르는 경우가 많아. 그만큼 보안 유지가 생명과 직결되는 일이니까."

유 동지는 본관으로 들어서면서부터 더 조심스럽게 걸었다. 그는 말뿐만 아니라 행동거지도 신중하게 하는 것이 몸에 밴 사람 같았다. 나는 그를 따라 비상구의 녹색 불빛만이 흐릿하게 빛나는 2층 복도로 접어들었다. 목적지는 다롄이라고 했다. 학교의 어디가 다롄일까. 곧 알게 되겠지 싶어서 묻지 않았다. 그런데 유 동지는 복도를 계속 걷기만 했다. 우리학교 건물은 ㅁ자 구조라 하염없이 걷다 보면 결국 처음의 자리로 돌아오게 되어 있다. 혹시나 밤의 학교는 다르지 않을까 싶어 유 동지를 따라 묵묵히 걸었지만 세 바퀴째 돌았을 때는 학교를 배회하는 유령이라도 된 기분이었다.

"혹시 지금 길을 잃은 건 아니죠?"

"뒤는 돌아보지 말고 듣기만 해. 미행이 따라붙었어."

"미행이요? 그럼 정보가 샜다는 건가요?"

"글쎄, 정보가 완전히 샜다면 지금쯤 우리는 고문을 당하고 있겠지. 그런데 조용히 미행만 하는 걸로 봐선 약간의 낌새만 눈치챈 거 같아. 아니면 저들의 밀정이 제한적인 정보만 물어다주었거나."

복도의 모퉁이를 돌 때 슬쩍 보니 정말 뒤쪽에 세 사람의 그림자가 어른거렸다. 그중의 한 명은 학생회관 앞에서 본 가토 경부 같았다.

"당황할 필요 없어. 우리는 계속 갈 길을 가면 되는 거야. 정체를 숨기고 있는 건 저들도 마찬가지니까."

"그렇지만 만약 저들이 다가와서 어디를 가는 거냐고 물으면 어떡해요?"

"나에겐 폭탄이 있어. 임무를 완수하지 못하더라도 일본 형사 셋을 데리고 저세상에 간다면 그것도 나쁘지는 않지."

유 동지가 갑자기 3층으로 올라갔다. 그러곤 하염없이 걷기 시작했다. 또다시 세 바퀴를 돌았을 때는 어쩐지 일본 형사들을 약 올리는 듯한 느낌이 들었다. 하지만 유 동지는 태연한 얼굴로 걷고 있었다. 일본 형사에게 잡히는 게 두렵지 않은가. 아니 설마 죽음이 두렵지 않은 걸까.

"혹시 〈아리랑〉 봤어?"

"〈아리랑〉이요?"

"나운규 선생의 〈아리랑〉 말이야. 활동사진."

"아, 활동사진이라면 영화…."

나는 귀를 의심했다. 이 와중에 영화 얘기라니.

"난 말이야, 경성의 단성사에 가서 〈아리랑〉을 보는 게 소원이야. 몇 해 전 경성에서 온 동지들한테 어찌나 얘기를 많이 들었는지 이제는 내가 〈아리랑〉을 본 것 같은 착각이 들 정도라니까."

유 동지는 다시 2층으로 내려갔다. 그러곤 아까 걸었던 방향으로 다시 걸었다. 인내심이 바닥났는지 일본 형사들의 발걸음이 빨라지는 게 느껴졌다.

"언젠가 고향으로 돌아가면 나도 활동사진을 만들고 싶어. 나운규 선생처럼 내가 직접 대본도 쓰고, 출연도 하고."

"활동사진으로 만들고 싶은 이야기가 있어요?"

"많지. 낯설고 외로운 외국 땅에서 조국의 독립을 위해 힘겹게 싸우고 있는 동지들의 이야기나, 고향에 두고 온 내 첫사랑과의 이야기도 활동사진으로 만들어보고 싶고."

유 동지의 얼굴이 조금 붉게 상기된 것 같았다. 유 동지는 몇 살일까. 나보다 많아 봐야 네다섯 살 정도. 그 순간에는 유 동지가 강인한 한인애국단 단원이 아니라 장래의 꿈을 이야기하는 풋풋한 대학생처럼 느껴졌다.

"하지만 일단은 부지런히 다롄으로 가야겠지. 활동사진을 만드는 일은 그다음에, 해방된 조국에서."

아, 어딘지 모르게 익숙한 말투다. 비슷한 말을 어디선가 들은 것도 같은데. 고개를 갸우뚱하며 뒤를 돌아보니 일본 형사들과의 거리가 눈에 띄게 좁혀져 있었다.

"내가 심훈 선생의 작품도 참 좋아하거든. 특히 〈먼동이 틀 때〉는 활동사진 중에 가장 좋아하는 작품이야. 조선에 돌아가게 되거든 너도 꼭 찾아서 봐."

"네, 꼭 그럴게요."

"어이, 유상근이!"

가토 경부가 거만한 목소리로 우리를 불러 세웠다.

"심훈 선생은 활동사진뿐 아니라 시도 참 좋아. 그중에 이런 시가 있어."

유 동지가 걸음을 멈추고 뒤를 돌아보며 시를 읊었다.

"그날이 오면, 그날이 오면은 나는 밤하늘에 나는 까마귀와 같이 종로의 인경[22]을 머리로 들이받아 울리오리다. 두개골은 깨어져 산산조각이 나도 기뻐서 죽사오매 오히려 무슨 한이 남으오리까."

가토 경부가 총을 겨눈 채 우리 쪽으로 다가왔다.

"그냥 잠깐 얘기 좀 하자는 것뿐이니까 허튼수작 부릴 생각은 말아."

유 동지가 폭탄이 들어 있는 보자기 속에 손을 집어넣었다.

"지환아, 내가 셋을 세면 너는 재빨리 계단 아래로 뛰어내려."

"하, 하지만."

"하나!"

"이봐, 유상근이. 무슨 생각을 하는지 모르겠지만 네가 총알보다 빠를 수는 없어."

유 동지의 팔에 힘이 들어가는 게 느껴졌다. 나는 짙은 어

---

22 통행금지를 알리거나 해제하기 위하여 치던 종.

둠에 잠긴 계단을 바라보며 숨을 골랐다. 끝이 보이지 않는 벼랑 끝에 서 있는 기분이었다.

"두울!"

정말 유 동지를 이대로 두고 뛰어도 되는 걸까. 발끝에 힘을 준 채로 주저하고 있을 때 계단의 어둠 속에서 낯익은 소리가 들렸다. 챙! 챙! 챙! 챙!

"이 소리는….."

어둠을 뚫고 익숙한 실루엣의 사내가 계단을 올라오고 있었다. 손에 긴 칼을 쥔 그는 나와 눈이 마주치자 칼끝으로 모자챙을 살짝 들어 올렸다. 마치 인사라도 하는 것처럼. 그는 누런 이를 드러낸 채 비열하게 웃고 있었다.

"이런 제길."

검은 모자를 발견한 유 동지가 망설이는 게 느껴졌다. 그러나 어쩔 수 없다는 듯 이내 단호한 표정으로 수통형 폭탄을 꺼내 들었다.

"자, 잠깐. 저놈 폭탄을 가지고 있잖아!"

가토 경부가 급히 뒤로 물러섰다.

"세…엣!"

그 순간 누군가 바로 옆의 교실 문을 박차고 뛰쳐나왔다. 그러곤 일본 형사들과 검은 모자를 향해 소화기를 분사하기 시작했다.

"동지들, 지금이야!"

삽시간에 하얀 분말 가루를 잔뜩 뒤집어쓴 형사들이 복도 바닥을 나뒹굴었다. 연막탄이 터진 것처럼 복도가 온통 하얀 가루들로 뿌옇게 흐려졌다.

"최 동지?"

"자! 이쪽으로."

우리는 그 사내를 따라 복도를 내달렸다. 그는 유 동지와 비슷한 또래의 청년이었는데 좀 더 마르고 동작이 날랬다.

"여기까지 오느라 수고가 많았소."

정신없이 달리면서도 숨이 별로 가쁘지 않은지 그의 목소리에는 흔들림이 없었다. 유 동지는 그가 교무실 앞에 멈추고 나서야 가쁜 숨을 몰아쉬며 인사를 했다.

"오랜만이오. 최흥식 동지. 봤다시피 미행이 붙어서 좀 늦었소. 기다리게 해서 미안하오."

"무슨 말씀을. 자, 준비됐으면 들어갑시다. 다롄에 온 걸 환영하오."

최 동지가 양손으로 교무실의 문을 활짝 열어젖혔다. 그 순간 플래시가 터지듯 환한 빛이 쏟아졌다. 오전 여섯 시로 맞춰놓은 알람 소리와 함께.

13

나는 점심을 먹는 둥 마는 둥 하고 상담실로 달려갔다. 약속 시간보다 일찍 갔는데도 대식이 삼촌은 벌써 와서 서류를 들여다보고 있었다. 삼촌은 뭔가 대단한 것을 알아낸 듯 나를 보자 어깨에 힘을 잔뜩 주며 못난이 미소를 지어 보였다.

"알아냈어요? 이게 뭔지?"

"당연하지. 내가 누구냐. 어제 처음 보는 순간부터 뭔가 수상한 냄새가 난다 했는데 읽어보니 역시 매우 위험한 문건이었어."

"그래요? 대체 뭐가 적혀 있길래."

"내가 한번 읽어볼 테니까 무슨 문건인지 맞혀봐."

임시정부 특무대의 움직임이 예사롭지 않습니다. 상하이뿐 아니라 베이징, 다롄에서도 불경스러운 일을 도모하려

는 움직임을 보이고 있습니다. 정보를 수집하기 위해 더
많은 자금이 필요합니다.

대식이 삼촌이 글자들을 손가락으로 살살 눌러가며 읽었
다. 몇 줄만 들여봐도 바로 알 수 있는 내용이었다.

"스파이의 보고서로군요!"

"그래. 임시정부 특무대라면 한인애국단을 말할 텐데 그건
극비로 움직이던 조직이야. 그들의 활동에 관한 정보는 임시
정부 안에서도 최소한의 인원만이 접근할 수 있었어. 이 보
고서를 쓴 사람은 아마도 그 정도의 위치는 아니었던 것 같
아. 그러니까 정보 수집을 위해 자금이 더 필요했겠지."

"스파이가 스파이를 고용하기 위해서?"

"밀정이라고 해. 일제강점기에 동지들을 팔아서 제 배를
불리던 반민족 행위자들."

"밀정이라. 적은 내부에도 있었군요."

"그래. 이런 밀정들 때문에 동지들끼리 서로를 의심하게
되고, 조직은 서서히 와해되는 거지."

"이런 나쁜 놈들. 그럼 이 문서는 진작에 없애버렸어야 할
물건이었군요?"

"그렇기는 한데 역설적이게도 밀정의 보고서를 통해 우
리가 몰랐던 독립운동가들의 활약상을 알게 되기도 해. 당

시 독립운동가들은 기록이나 흔적을 잘 남기지 않았거든. 일제의 추적을 피해야 하니까. 그런데 밀정 보고서에는 그들의 활동 기록이 남아 있는 거지. 따라서 이런 보고서 하나하나가 다 역사적으로 중요한 사료들이야."

"아, 그럼 그렇게 중요한 문서가 휴지통으로 들어갈 뻔한 거네요?"

"그렇지. 일본 고서점에서도 가끔 이런 문서들이 발견되곤 한다는데, 우리나라에서 아직까지 이렇게 잘 보관된 문서가 나오다니 좀 놀랐어. 아무래도 이건 식민지역사박물관에 기증하는 게 어떨까 싶은데 네 생각은 어때?"

"당연히 기증해야죠."

"그래. 이거 얼마에 샀지? 금액은 내가⋯."

대식이 삼촌이 재킷 주머니에 손을 넣었다. 나는 손사래를 치며 말했다.

"돈은 됐어요. 어차피 아저씨가 버리려고 했던 거라 헐값에 주고 샀어요. 괜히 속주머니에서 손가락 하트 같은 거 꺼내지 마시고."

"아핫, 들켰다."

"그런데 혹시 거기에 밀정 이름도 적혀 있어요?"

"응. 이게 흔치 않은 경우이긴 한데 여기엔 똑똑히 적혀 있었어."

대식이 삼촌이 첫 장을 넘기며 말했다.

"두 번째 장은 '보조금 지급에 관한 건'이라는 보고서인데, 밀정에게 실제로 얼마가 지급되었는지가 나와 있어. 금액들이 어마어마해. 그만큼 일본에 밀정의 존재는 중요했던 거지. 주로 단체 명의로 나가는 보조금들인데 맨 아래에 사람 이름이 하나 나와. 방금 읽은 그 보고서를 쓴 밀정인 거 같은데 어디 보자. 그러니까 이름이… 이게 이름을 좀 흘려 써서."

대식이 삼촌은 안경을 고쳐 썼다.

"내가 어젯밤에도 읽었었는데 이름이 잘 안 외워지네. 어디 보자. 권칠성이라고 적혀 있군."

"네? 권칠성이요?"

"그래. 임시정부 관계자라면 혹시나 독립유공자로 이름이 올라와 있을 수도 있겠다 싶어서 어제 찾아봤는데 그건 아니더라고. 권칠성은 아예 기록이 없어. 독립운동을 한 기록도, 밀정을 했다는 기록도. 그러니까 이자는 해방과 함께 유유히 역사의 뒤편으로 사라져버린 거지."

권칠성. 지난밤에 봤던 그의 얼굴이 떠올랐다. 선한 눈에 둥글둥글하고 붙임성이 좋은 인상. 하지만 뭔가 그 속을 알 수 없던 사람. 질문이 많았던 건 그래서였을까. 나에 관한 정보를 수집하기 위해서? 아니면 내가 매수할 만한 사람인가 떠보기 위해서? 그가 밀정이라는 사실이 여전히 믿어지지 않았다. 혹시 동명이인은 아닐까? 권칠성이라는 이름은 흔하니까. 하지만 임시정부의 내부 사정에 밝은 권칠성은 한 사람뿐이다. 그러고 보니 학생회관 앞에서 가토 경부가 우리를 기다리고 있었던 것도 어쩌면 그가… 그렇다면 너무 위험한데. 그는 김구 선생을 지근거리에서 보좌하고 있지 않았던가. 역사에 가정은 없다지만 내가 만약 당시로 돌아가서 권칠성의 정체를 밝혀낸다면 어떻게 될까? 임시정부는 더 많은 일을 할수 있지 않을까. 동지들의 거사에 관한 정보가 사전에 흘러나갈 일도, 동지들이 그의 밀고로 일본 경찰에 붙잡혀 갈 일도 없을 테니까. 나는 밀정 보고서를 챙기며 일어섰다. 놀라는 대식이 삼촌에게 며칠만 더 갖고 있다가 기부하겠다고 말했다. 김구 선생에게 이 보고서를 보여줄 생각이었다. 자정이되면 바로 김구 선생이 계신 곳으로 달려가야지. 유상근, 최흥식 동지를 만나 권칠성의 정체를 폭로해야지. 드디어 내가할 일을 찾았다는 생각에 가슴이 뛰었다. 어쩌면 이 모든 일이 이 순간을 위해 준비되어 있었던 것은 아닐까. 자정이 되자마자 나는 책상 위에 침낭을 펴고 두 눈을 꼭 감았다.

"야, 너 여기서 뭐 해?"

반장 희찬이가 나를 내려다보고 있었다.

"어? 이 시간에 네가 웬일로⋯."

"뭔 소리야. 나 오늘 주번이잖아. 너야말로 왜 교실에서 자고 있어?"

"어? 주번? 그럼 지금 설마⋯."

나는 책상에서 벌떡 일어났다. 이럴 수가. 이게 어떻게 된 거지? 교실의 벽시계는 일곱 시를 가리키고 있었다. 알람 소리도 못 듣고 정신없이 잠만 잔 건가. 복도로 나가 내려다본 정문에는 아이들이 하나둘 등교하고 있었다.

다음 날도, 그다음 날도 마찬가지였다. 밤의 학교에서는 아무 일도 일어나지 않았고 나는 허무하게 아침을 맞았다.

어떻게든 다시 돌아가야 하는데. 나는 운동장 스탠드에 앉아 유상근 동지와 최흥식 동지를 떠올렸다. 밀정 보고서와 더불어 내게는 그들을 만나야 할 이유가 하나 더 있었다. 상하이로 전보를 보내려는 최흥식 동지를 만류해야 했다.

일본이 중국의 동북 지방인 만주를 침략한 것은 1931년 9월. 그리고 불과 몇 달 뒤인 1932년 3월에 괴뢰국[23]인 만주국을 세웠다. 중국 정부는 이 문제를 국제연맹을 통해 해결하고자 했다. 국제연맹은 중국의 제소를 받아들여 영국의 리

---

23 다른 특정 나라의 지시대로 움직이고 있는 국가를 부르는 말. 괴뢰란 허수아비 괴傀, 꼭두각시 뢰儡로서 꼭두각시 인형을 뜻한다.

튼 경을 위원장으로 하는 조사단을 만주에 파견했다. 김구 선생은 리튼 조사단이 만주에 온다는 소식에 바로 거사를 준비했다. 리튼 조사단의 활동에 세계의 이목이 쏠리는 만큼 이를 최대한 활용한다는 계획이었다. 거사 날짜는 리튼 조사단이 다렌에서 조사를 벌이는 1932년 5월 26일부터 30일까지, 타겟은 관동군사령관 혼조 시게루를 비롯한 일본 고위 관료였다. 이미 4월 초에 다렌에 도착한 최흥식 동지는 현지 상황을 파악해 김구 선생에게 보고했다. 유상근 동지가 다렌에 도착한 것은 한 달 뒤인 5월 4일. 그는 김구 선생으로부터 최흥식 동지와 함께 거사를 도모하라는 지시를 받았다. 최동지와 유 동지는 일본 고위 관료들이 리튼 조사단을 영접하기 위해 모습을 드러낼 때를 노릴 계획이었다. 사전 조사와 무기 조달까지 모든 계획은 완벽했다. 그러나 다렌 의거를 겨우 이틀 앞둔 5월 24일, 최 동지와 유 동지는 일본 경찰에 체포되고 말았다.

최흥식 동지가 5월 초에 김구 선생에게 보낸 전보가 문제였다. 거사 준비 자금을 요청한 그 전보가 '배달 불능 전보'가 되어 상하이 주재 일본 총영사관의 눈에 띄고 말았다. 전보의 수취인은 독립운동가이자 안중근 의사의 동생인 안공근 선생이었다. 그러나 최흥식 동지가 전보를 보낼 무렵 안공근 선생의 집은 비어 있었다. 김구 선생과 안공근 선생을 비롯한 임시정부의 주요 인사들이 피신한 상태였기 때문이다. 당시 일본 군인들은 상하이에 있는 독립운동가들을 모조리 잡아 가두고 있었다. 최흥식 동지와 유상근 동지가 다롄에서 거사를 준비하던 그 시기에 상하이에서 또 다른 거사가 실행되었던 것이다. 일본군의 상하이 점령 전승 기념행사에서 윤봉길 의사가 수통 폭탄을 투척한 '훙커우 공원 의거'가 그것이다.

세 개의 시계, 하나의 시간

무대 한가운데에 식탁이 놓여 있고 윤봉길 의사와 김구 선생이 식사하고 있다. 윤봉길 의사는 열심히 수저를 뜨고 있는 반면 김구 선생은 윤봉길 의사를 물끄러미 바라만 보고 있다. 좁은 집이다. 식탁 옆으로 허리를 숙여야 나갈 수 있는 작은 출입문이 보인다. 출입문에는 주소가 적힌 현판이 걸려 있다. '원창리 13호'

김구: 식사가 입에는 좀 맞는가?

윤봉길: 네. 아주 맛있습니다.

김구: 혹시 모자라면 내 것도 더 먹지 않겠나?

윤봉길: 아닙니다. 이것으로도 충분합니다.

김구: 식사를 하면서 편히 들어주게. 내 자네에게 한 번 더
    당부할 게 있네.

윤봉길: 네, 무엇입니까.

김구: 우리의 적은 왜놈들뿐이니 오늘 일을 실행할 때 왜놈 이외의 외국 인사에게는 해를 가하지 않도록 각별히 신경을 써주게.

윤봉길: 네. 유념하겠습니다.

식사를 마친 윤봉길 의사가 일본 보자기로 싼 도시락과 물통을 쥐며 일어선다. 그때 아침 7시를 알리는 종소리가 울린다. 김구 선생이 품속에서 회중시계를 꺼내 시간을 확인한다.

윤봉길: (도시락과 물통을 다시 식탁에 내려놓으며) 선생님, 저와 시계를 바꾸시죠.

김구: 그게 무슨 말인가.

윤봉길: (주머니에서 시계를 꺼내며) 제 시계는 한인애국단 선서식을 하던 날에 산 6원짜리 시계입니다. 선생님 시계는 2원짜리 낡은 시계가 아닙니까. 그러니 제 시계와 바꾸시죠.

김구: 아닐세. 좋은 시계는 자네가 차고 가야지.

윤봉길: 아닙니다. 저에게 시계는 앞으로 한 시간밖에 필요가 없습니다.

윤봉길 의사의 말에 감정이 북받쳐 오른 김구 선생은 돌아
서서 눈물을 닦는다. 잠시 후 두 사람은 시계를 맞바꾼다.

김구: (윤봉길 의사의 두 손을 꼭 잡으며) 윤 군, 내 죽는 날까지
　　이 시계를 잘 보관하겠네.

　윤봉길 의사가 인사를 하고 돌아선다.

김구: 후일 지하에서 만나세.

　암전되면 소년의 외침 소리가 들린다. "호외요, 호외!"
　장엄한 음악과 함께 무대 위편 스크린에 호외로 발행된 신
문 기사가 보인다.

　상하이 홍커우 공원 천장절 경축 행사에 대량의 폭탄 폭
발! 일본인 거류민 단장 가와하시 즉사, 시라카와 대장, 시케
미츠 대사, 노무라 중장 등 문무대관 다수 중상.

　이어 스크린에 세 개의 시계가 큼지막하게 떠오른다. 왼쪽
에는 김구 선생의 은색 회중시계, 가운데에는 윤봉길 의사의
금색 회중시계, 그리고 오른쪽에는 스마트워치가 떠 있다.

세 개의 시계는 각각 다른 시간을 가리킨 채 멈춰 있다. 이때 어디선가 '째깍째깍' 시계가 움직이는 효과음이 들리고 세 개의 시곗바늘이 움직여 같은 시간을 가리킨다. 연극이 공연 되고 있는 바로 그 시간이다. 세 개의 시계는 공연이 끝날 때 까지 스크린 위에서 똑같이 움직인다.

14

"그러니까 네 말은 밤이 되어도 학교에서는 이제 아무 일도 일어나지 않는다는 거지?"

연극부실에서 기웅이, 은서와 긴급회의를 했다.

"응, 눈을 뜨면 바로 아침이야."

"희한하네. 혹시 네가 요즘 피곤해서 너무 깊이 잠들어버린 게 아닐까? 새벽에 깰 수 없을 만큼."

"아무리 피곤해도 자정이 지나면 항상 학교 어딘가를 뛰어다니고 있었어. 교실에서 자기 시작한 이후로 삼일 연속 잠만 잔 건 이번이 처음이야."

"그래? 그럼 정말 닫혀버린 걸까. 밤의 학교가."

"그러게. 그렇다면 좀 아쉬운데? 나 사실 과외 시간을 주말로 옮기고 다음 주부터는 학교에서 자려고 했거든. 너 혼자 애쓰는 거 같아서 힘 좀 보태려고."

은서가 팔짱을 낀 채 아쉬워하는 얼굴로 말했다.

"그래서 말인데 실은 너희 둘에게 부탁할 게 있어."

"응? 뭔데?"

"기옥을 마지막으로 만났을 때, 내가 물어본 게 있어. 밤의 학교로 갈 수 있는 통로가 있냐고."

"통로?"

"그래. 자정까지 기다리지 않아도 밤의 학교로 바로 갈 수 있는 통로."

"그랬더니 뭐래?"

기웅이와 은서가 몸을 내 쪽으로 바짝 당겨 앉으며 물었다.

"있대."

"있어? 어디에?"

"몰라."

"몰라?"

"응."

"기옥이도 모른다고?"

"그게 아니고. 내가 너무 늦게 물어보는 바람에 대답이 미처 다 끝나기도 전에 기옥이 사라져버렸어."

"기옥이 뭐라고 대답을 했는데?"

"그러니까 그게…."

나는 머리를 긁적이며 기옥의 말을 그대로 옮겼다.

"일제강점기부터 지금까지 사용하고 있는… 그걸 열면…."

"얘가 지금 뭐라는 거냐?"

기웅이가 은서를 보며 물었다.

"학교 어딘가에 일제강점기부터 지금까지 사용하고 있는 뭔가가 있대. 그게 바로 통로의 입구라는 말 같은데?"

"맞아. 나도 그렇게 이해했어. 문제는 그게 뭐냐는 거지."

"흠, 옷장 같은 건가? 영화에서 그러잖아. 옷장에 들어갔더니 눈밭에서 사자가 막 뛰어다니고."

"우리 학교에 옷장이 있나? 캐비닛? 사물함? 평소에 자세히 들여다보지 않아서 그렇지 생각해보니 비슷한 게 꽤 있을 것도 같은데?"

은서가 흥미롭다는 듯 내 눈을 마주치며 말했다.

"너희 도움이 필요하다는 게 바로 그거야. 그 입구를 함께 찾아보자."

학교는 생각보다 수색 범위가 넓었다. 우리는 구역을 나눠서 찾아보기로 했다. 본관의 교실과 보건실은 은서, 체육관, 창고, 운동장은 기웅이, 교무실과 과학실을 비롯한 그 외 공간과 학생회관은 내가 맡았다. 우리는 쉬는 시간과 점심시간은 물론, 체육 시간이나 자율학습 시간처럼 조금이라도 움직일 여지가 있으면 주저 없이 담당 구역으로 달려갔다. 시간이 지체될수록 어쩐지 통로마저 사라져버릴 것 같은 불안감에 마음이 조급했다. 일제강점기부터 지금까지 쓰고 있는 물건이 뭐가 있을까. 일단 전자제품은 아닐 것이다. 열고 들어가야 한다고 했으니 볼펜 같은 작은 물건도 아닐 것이다. 그렇다면 역시 캐비닛일까. 나는 교무실 안을 어슬렁거리다 선생님이 캐비닛을 여는 순간 달려가서 어깨 너머로 들여다봤다. 얘가 왜 이러나 이상하게 쳐다보는 선생님도 계셨지만 다들 워낙 바빠셔서 특별히 제지하는 분은 안 계셨다. 그러나 아무리 봐도 캐비닛이 그렇게 오래된 것 같지는 않았다. 교무실을 돌아다니며 구석구석 살펴봤지만 특별히 눈에 띄는 것은 없었다. 학생 식당도 마찬가지였다. 주방 안까지 자세히 살펴보지는 못했으나 영양 선생님이 '식당은 몇 해 전 리모델링을 했기 때문에 주방 설비들도 모두 새로 교체했다'라고 알려주셨다.

통로의 입구를 찾는 일은 생각보다 쉽지 않았다. 내가 학생회관의 모든 동아리방을 함부로 들어갈 수는 없으므로 동아리 회장 단톡방에 글을 남겼다. '연극 소품으로 쓰려고 하는데 혹시 동아리방에 오래된 물건이나 가구가 있으면 무엇이든 제보 좀 부탁해.' 그러나 딱히 이거다 싶은 답변은 없었다. 기웅이와 은서도 소득이 없긴 마찬가지였다. 아무래도 더 많은 눈이 필요했다. 우리는 각자가 소속되어 있는 모든 단톡방에 글을 올렸다. '학교에서 80년 이상 된 게 뭐가 있을까?' 답변들이 속속 올라왔다. '교장샘, 미술샘 슬리퍼, 역사샘 드립, 과학실 귀신', 열고 들어갈 수 있는 무언가가 적힌 답변은 끝내 올라오지 않았다. 정말 이대로 끝인 걸까. 고민 끝에 나는 학교의 구석구석을 가장 잘 아는 분의 도움을 받기로 했다. 점심시간이 되자마자 매점에서 박카스 한 병을 샀다. 경비 아저씨는 2층 복도의 핸드레일을 고치고 계셨다.

"아주 그냥 학생들 손에 쇠가 녹아. 남아나는 게 없어."

박카스를 받아든 아저씨가 땀을 닦으며 말했다.

"이 학교에 그 정도로 오래된 물건이 있을 리가 없지. 내가 여기 온 지 30년인데 이제 나보다 오래된 건 저수지의 버드나무뿐일걸?"

아저씨가 두 손을 허리에 짚고 스트레칭을 하듯 몸을 뒤로 기울였다. 그러다 문득 떠올랐다는 듯이 허리를 바로 세우며 말했다.

"아, 그러고 보니 학생회관 꼭대기에 책걸상을 몇 개 올려다 놓긴 했는데."

"학생회관 꼭대기라면 옥상 입구 말씀하시는 건가요?"

"그래, 맞아. 근데 책걸상이 오래되었다는 건 아니고. 그 뒤에 거울이 하나 서 있거든. 그것도 골동품이긴 한데, 버릴까

하다가 왠지 귀한 물건 같아서 차일피일 미룬 게 벌써 꽤 오래되었지 아마."

뭔가 촉이 왔다. 거울이라면 통로의 입구가 될 수도 있을 것만 같았다. 경비 아저씨께 인사를 하고 학생회관으로 급히 달려가려는데 메시지 알림음이 울렸다. 기웅이, 은서와 셋이서 만든 단톡방이었다.

기웅이: 얘들아, 빨리 체육관 옆의 창고로 와봐.

은서: 왜? 뭔데 그래. 찾았어?

기웅이: 글쎄, 일단 와서 봐.

은서: 가고 있어. 3층이야. 아이씨, 궁금하니까 뭔지만 말해봐.

기웅이: 여기 카키색 교구함에 아주 흥미로운 물건이 있어. 아무튼 와서 봐. 나 지금 바빠.

은서보다 내가 먼저 창고에 도착했다. 기웅이는 창고 입구에 앉아 코를 훌쩍이며 뭔가를 읽고 있었다.

"뭘 보는 거야?"

기웅이가 손을 들어 창고 안을 가리켰다.

"들어가서 봐봐. 제일 안쪽 교구함."

창고 안에 들어서니 먼지 냄새가 훅 끼쳐왔다. 가끔 이 앞을 지나다니기는 했지만 안에 들어와보긴 처음이었다. 이 녀석이 뭘 보고 저러는 거지? 이제는 쓰지 않는 오래된 뜀틀과 철제 책상, 그 외 정체를 알 수 없는 수많은 물건 사이를 비집고 들어가 교구함 앞에 섰다. 커다란 나무 궤짝같이 생긴 교구함은 페인트가 변색되어 거무튀튀한 붉은빛을 띠고 있었다. 나는 내 허리 높이 정도 되는 교구함의 모퉁이를 짚고서 안을 들여다봤다. 안에는 농구공만 한 크기의 상자 여러 개가 들어 있었다. 한눈에 보기에도 꽤 오래돼 보이는 것들이었다. 나는 그중에서 하나를 꺼내 들었다. 기웅이가 말한 게 이건가? 무심코 상자를 열어보니 녀석이 왜 저렇게 호들갑을 떨었는지 단박에 알 수 있었다. 상자 안에 가득한 것은 수십 년도 더 돼 보이는 편지와 실체 엽서들이었다.

선생님, 제대로 인사도 못 드리고 갑자기 학교를 떠나서 정말 죄송합니다. 그리고 제가 지금 어디에서 무엇을 하는지도 말씀드릴 수 없어 송구하기 그지없습니다. 다만 선생님께 배운 많은 것들을 가슴에 새기고 실천하는 삶을 살기 위해 최선을 다하고 있다는 것만은 말씀드릴 수 있을 것 같습니다. 저는 몸 건강히 잘 있습니다. 너무 염려치 마시고 오래오래 건강하십시오.   ─최인혁 배상

보고 싶은 동무들아. 누가 일본에 취직시켜준다 하거든 절대 따라가지 마라. 전깃불이 별처럼 하루 종일 빛나는 곳이라거나, 노력하면 누구나 부자가 될 수 있다는 말에도 속지 마라. 너희들은 나와 같은 실수를 하지 않기를… 후회와 그리움과 한탄이 몰려드는 밤에 몇 자 적어 보낸다.

　　　　　　　　　　　　　　　　　－ 인정 마을 칠구

우리 숙소를 타코베야たこべや라고 불러. 문어처럼 흐물흐물해질 때까지 매를 맞는 곳이란 의미야. 그리고 문어는 굶주리면 제 발을 끊어먹는다고 해. 우리는 말 그대로 문어와 같은 신세야. 이 편지가 너에게 도착할지는 모르겠지만 나는…

편지의 뒷부분이 찢겨 나가 더 이상 읽을 수 없었다. 너무 몰입했었다. 뒤를 돌아보니 어느새 은서가 내 뒤에 바짝 붙어 서 있었다. 그런데 표정이 좋지 않았다.

"왜 그래? 입구를 찾은 게 아니라서 실망한 거야?"

"아니, 그게 아니라."

은서가 기웅이를 돌아보며 소리쳤다.

"야, 다시 한번 말해봐. 상자가 무슨 색이라고?"

창고 문 앞에 서 있던 기웅이가 답했다.

"보면 몰라, 진한 카키색이잖아. 아, 그냥 녹색이라고 해야 하나?"

은서가 붉은 궤짝을 등지고는 털썩 주저앉았다.

기웅이가 보건 선생님과 상담을 하는 동안 은서와 나는 운동장 스탠드에 앉아 기다렸다. 정오의 햇볕이 뜨겁게 내리쬐고 있었지만 반쯤 넋을 잃은 우리는 그늘을 찾아 자리를 옮길 생각도 하지 못했다.

"색약이면 공군사관학교에 지원할 수 없어."

은서가 심각한 얼굴로 말했다.

"오늘만 특별히 컨디션이 안 좋았던 게 아닐까? 녀석을 그렇게 오래 봐왔지만 평소에 조금도 이상한 점을 느끼지 못했잖아."

"아마 일상생활엔 문제가 없었을 거야. 특정한 색에 있어서만 약한 감각을 갖고 있는 거니까. 하지만 '약도 색약'을 제외한 색맹, 색약은 공군사관학교는 물론이고 경찰대학도 지원이 불가능해. 아무래도 색에 민감한 직업이잖아. 전투기 조종사도, 경찰관도."

우리는 말없이 운동장만 내려다봤다. 오랜 꿈이 본인의 노력 여하와 상관없이 좌절된다는 게 어떤 기분일지 상상조차 하기 힘들었다. 그렇게 한참을 멍하니 있는데 어느새 우리 곁으로 다가온 기웅이가 말했다.

"왜들 이렇게 축 늘어져 있어? 빨리 입구를 찾지 않고."

걱정했던 것보다는 씩씩한 모습이었다. 그래서 마음이 더 짠했다.

"보건 선생님은 뭐라셔?"

은서가 물었다.

"안과에 다녀오래. 후천적 색약은 치료받으면 나을 수 있다고 하셔."

"그래? 정말 다행이다. 얼른 담임 선생님께 말씀드리고 안과부터 다녀와."

나는 놀란 가슴을 쓸어내렸다.

"그러니까 내 걱정은 하지 말고 너희들은 얼른 입구를 찾도록 해. 체육관, 창고, 운동장은 더 이상 찾아볼 데가 없어. 내일부터는 내가 너희들 구역을 지원해줄게."

기웅이가 폼을 잡으며 스탠드를 뛰어 올라갔다.

"저 녀석, 혼자 쿨한 척이네."

내 말에 은서가 엉덩이를 털며 일어섰다.

"말은 저렇게 해도 속으로는 울면서 뛰어가고 있을 거야. 하지만 치료가 가능하다니까 정말 다행이다."

점심시간이 거의 끝나가고 있었다. 은서와 나는 학생회관 옥상 입구로 달려갔다.

경비 아저씨 말씀대로 거울은 한눈에 보기에도 오래돼 보였다. 학교보다는 드라큘라 성이나 수백 년은 된 저택에 더 어울릴 법한 디자인의 타원형 거울이었는데, 원래 있던 받침대는 어디로 가고 거울만 한쪽 벽에 기댄 채 서 있었다. 우리는 거울을 꼼꼼히 살폈다. 그러나 나무틀이 살짝 뒤틀려서 우리의 다리가 실제보다 길어 보인다는 것만 빼면 특이한 점을 발견할 수는 없었다. 거울에 손을 넣으면 연못의 물처럼 거울 표면에 파문이 일면서 몸이 그 안으로 빨려 들어간다거나 하는 일은 일어나지 않았다. 혹시나 해서 거울 뒷면도 살펴봤지만 '열고 들어갈 만한' 그 무엇도 없었다. 거울은 그저 거울일 뿐이었다.

낙심한 우리는 터덜터덜 학생회관 계단을 내려왔다. 입구가 있기는 한 걸까. 나는 점점 자신감을 잃어가고 있었다. 그날 내가 기옥을 만난 게 맞나. 혹시 꿈을 꾸었던 것은 아닐까. 마치 꿈속에서 시험 문제와 정답이 보일락 말락 하는 것처럼 기옥은 딱 그만큼만 정보를 주고 사라져버렸다. 그렇지 않아도 창고에서 발견한 편지와 엽서들 때문에 마음이 복잡했는데 어쩐지 더 절망적인 기분이 들었다. 이제껏 나는 이 모든 일이 내가 모은 실체 엽서 때문에 일어났다고 생각했다. 조용하던 학교에 내가 어떤 변화를 불러일으켰다고. 그러나 학교에는 이미 수많은 편지와 실체 엽서가 보관되어 있었다.

사실 보관이라기보다 방치에 가까웠지만 나로 인해 뭔가가 변했다는 것은 단순한 착각이었다. 그렇다면 내가 밤의 학교로 돌아가 뭔가를 할 수 있다는 것 또한 착각일지도 모른다. 은서도 지쳤는지 어깨를 축 늘어뜨리고 말없이 땅만 보며 걸었다. 갑작스레 너무 많은 일이 우리 몸을 통과한 기분. 그렇게 학생회관을 빠져나와 본관으로 가는데 은서가 갑자기 발걸음을 멈췄다.

"어?"

은서의 시선이 가닿은 곳을 확인하는 순간 나도 멈춰 설 수밖에 없었다.

"맞지?"

은서가 나를 돌아보며 확인하듯 물었다. 나는 얼음처럼 굳어버려 입이 잘 떨어지지 않았다.

"마, 맞는 것 같아."

우리는 허리를 굽히고 그것을 자세히 들여다봤다. 경성전기 주식회사. 맨홀 뚜껑에는 틀림없이 그렇게 적혀 있었다.

15

　은서와 나는 복도에 비치된 비상용 손전등부터 챙겼다. 옷은 체육복으로 갈아입었고 밀정 보고서는 책가방에 넣었다. 담임선생님은 은서와 내가 오 분 간격으로 찾아가 야간자율학습 조퇴를 신청하자, '설마 너희 둘이 함께 어디 가려는 건 아니지?' 의심하는 듯한 눈초리로 쳐다보셨다. '에이 설마요.' 나는 손사래를 쳤지만 우리는 각자 동아리방에 있다가 저녁 일곱 시에 맨홀 앞에서 만났다. 야자가 시작되고 30분 뒤인 그 시각이 맨홀 안으로 들어갈 때 가장 눈에 띄지 않을 것 같았기 때문이다. 안과에 간다고 일찌감치 조퇴했던 기웅이는 머리에 헤드 랜턴까지 끼고 나타났다. 손에는 가느다란 쇠막대가 들려 있었다.

　"어디 석탄이라도 캐러 가게?"

　다른 날 같으면 나의 실없는 농담을 썰렁하게 받아쳤을 기웅이가 오늘은 별다른 반응을 보이지 않았다. 대신 쇠막대를 맨홀 뚜껑의 테두리 부분에 난 작은 홈에 꽂았다. 그러곤 기울어진 막대 끝부분을 누르자 철커덕하고 맨홀 뚜껑이 열렸다.

"오."

나도 모르게 탄성이 절로 나왔다. 은서도 감탄한 표정이었다.

"놀라긴. 맨홀에 도어록이라도 달려 있을 줄 알았냐?"

기웅이는 쇠막대를 길가 구석으로 던지더니 헤드 랜턴의 불을 켰다.

"가자."

기웅이가 앞장서서 맨홀 안으로 들어갔다. 이 녀석, 큰일을 겪더니 뭔가 달라졌네. 은서도 나와 같은 생각인지 어깨를 한번 으쓱하고는 기웅이의 뒤를 따랐다. 나는 마지막으로 들어가면서 맨홀 뚜껑이 너무 꽉 닫히지 않게 미리 준비해 온 마우스 패드를 뚜껑 사이에 살짝 끼워놓았다.

경성전기 주식회사는 1898년 설립된 한성전기회사가 이름을 바꾼 것으로, 1961년 다른 전기회사들과 함께 지금의 한국전력공사로 통합되었다. 가끔 서울에서 '부산시'가 새겨진 맨홀 뚜껑이 발견되기도 한다지만, 경성전기의 이름과 로고가 박힌 맨홀 뚜껑이 왜 우리 학교에 있는지는 모르겠다. 다만 일제강점기에 만들어진 물건 중에서 지금도 제 역할을 하는 건 이 맨홀 뚜껑이 유일했다. 물론 정말 맨홀 안에 들어가야 하는 걸까 고민하지 않은 건 아니다. 들어가자마자 100년 이상 숙성된 온갖 악취에 질식해버리거나, 멧돼지만 한 괴물 쥐를 만나는 건 아닐지 걱정되기도 했다. 하지만 우리는 기옥을 믿었다. 맨홀이 밤의 학교로 가는 통로가 맞는다면 우리가 생각하는 그런 무시무시한 맨홀은 아닐 것이다.

기옥을 만난 뒤로 학교를 둘러싼 모든 것이 조금씩 변하고 있었다. 아니, 어쩌면 변한 건 우리 자신인지도 모르겠다. 그래서일까. 이 밑에 아직 우리가 모르는 무언가가 존재한다는 사실, 그리고 그것이야말로 우리가 반드시 찾아내야 할 어떤 진실일 것이라는 믿음이 있었기에 우리는 모든 걱정과 두려움을 떨쳐낼 수 있었다.

맨홀은 예상보다 훨씬 깊었다. 우리는 맨홀 뚜껑 바로 아래에서부터 시작된 계단을 따라 한참을 내려갔다. 건물로 치면 지하 3~4층 정도는 되지 않을까. 나선형이라 여러 바퀴를 돌았더니 방향 감각이 조금씩 무뎌지고 있었다. 발은 분명 계단을 따라 밑으로 내려가고 있는데 어째 제자리를 도는 느낌. 기웅이와 은서도 어지러운지 계단을 내려가는 속도가 점점 느려졌다. 손전등 불빛에만 의지해 계단을 내려가느라 주변을 살필 여유는 없었다. 어서 빨리 바닥에 닿기만을 바랄

뿐. 그래도 다행히 하수구 냄새는 나지 않았다. 오히려 내가 좋아하는, 오랜 시간이 저장된 냄새가 났다. 도서관 서가에 들어서면 맡을 수 있는 종이 냄새, 그 위에 살포시 내려앉은 먼지 냄새 같은 것들. 그러고 보니 도서관과 닮은 게 또 있다. 조금만 움직여도 바스락거리며 사라져버리는 고요와, 숨죽이고 귀를 기울이는 순간 다시 스며드는 정적. 여기가 맞아. 계단에 첫발을 내딛는 순간부터 확신할 수 있었다.

하염없이 내려가는 이 계단이 어디에 닿을지는 알 수 없지만, 기옥은 분명 이 계단을 통해 밤의 학교로 건너왔다. 그렇게 생각하니 다시 다리에 힘이 들어갔다. 난간도 없는 계단이지만 우리는 서로를 의지하며 멈추지 않고 내려갔다. 그때 갑자기 눈앞에 환한 빛 알갱이들이 떠오르는가 싶더니 이내 사방으로 흩어졌다. 나는 기웅이와 은서가 손전등과 헤드 랜턴으로 장난을 치는 줄 알았다. 그런데 아주 작게 곤충의 날갯짓 소리가 들리기 시작했다. 차르르르르. 차르르르르. 이내 더 많은 빛이 우리 앞으로 모여들었다. 조명탄이라도 터진 것처럼 주변이 금세 환해졌다.

"이게 뭐지?"

기웅이가 주위를 두리번거리며 물었다.

"반딧불이 아냐?"

내 대답에 은서가 고개를 갸우뚱했다.

"그보다 더 커 보이는데. 두 배는 되는 것 같아. 밝기도 그렇고."

심해에 산다는 희귀한 물고기들처럼 땅속 깊은 곳에도 우리가 모르는 곤충들이 살고 있는 걸까. 사방에 흩어져 주위를 밝히던 불빛들이 이번엔 기웅이 앞으로 모여들었다. 곡선의 기다란 날개가 우리에게 손짓을 하는 것만 같았다.

"따라오라는 거 같은데?"

기웅이는 무언가에 홀린 사람처럼 빛이 이끄는 대로 걸어가기 시작했다.

"위험해."

손을 뻗어 기웅이를 잡으려는 순간 은서가 나를 만류했다.

"바닥이 있어."

"어? 정말 그러네."

기웅이는 마치 공중을 걸어가는 것처럼 보였지만, 녀석의 발밑에는 투명한 소재로 된 길들이 곧게 뻗어 있었다. 은서가 주머니를 뒤적거리더니 뭔가를 꺼내 사방에 흩뿌렸다. 그러자 타다다닥 바닥에 부딪히는 소리가 났다.

"역시, 길이 사방으로 나 있었어. 저 위에서부터 계단과 연결되어 있었는지도 몰라."

"우리가 계단만 신경 쓰느라 미처 발견하지 못했구나. 그런데 뭘 뿌린 거야?"

"하루 견과. 비상식량으로 챙겨왔지."

은서의 말에 기웅이가 뒤를 돌아보며 말했다.

"오호, 나는 비타민을 챙겨 왔는데."

나도 뒤질세라 말했다.

"나는 커피 땅콩!"

은서와 나는 서둘러 기웅이의 뒤를 쫓았다. 길은 폭이 1미터 정도로 그리 넓지 않았다. 길의 양옆은 벼랑이었다. 기왕 만드는 김에 난간도 좀 만들지. 우리는 온 신경을 집중해 조심조심 걸었다. 유리처럼 투명한 바닥이 얼마나 튼튼할지 알 수 없어 불안했다.

"바닥을 보지 마. 앞만 보고 걸어."

"그래, 조금만 더 힘내자. 거의 다 온 거 같아."

기웅이의 말대로 정말 저 앞에 동굴의 입구가 보였다. 주위를 둘러보니 사방으로 뻗어나간 다른 길들도 모두 동굴 입구와 연결되어 있었다.

"벌집에 들어온 기분이야."

은서의 말에 나는 고개를 끄덕였다.

"4차원의 새로운 공간!"

기웅이의 말에도 고개를 끄덕였다.

"맨홀 속의 길은 하나가 아니었어."

이 많은 길과 연결된 동굴 하나하나가 다른 시간대의 역사적인 장소들로 이어지는 통로인지 모른다. 할 수만 있다면 이 동굴들에 전부 다 들어가보고 싶었다.

"이거 정말 신나는데?"

맨홀 속에 들어올 때부터 평소와 조금 달라 보였던 기웅이의 얼굴이 빛의 음영 때문인지 조금 더 낯설어 보였다.

"우리 침착하자. 저 안에서 무슨 일이 벌어질지 모르잖아."

나는 기웅이의 어깨를 두드리며 말했다. 그때 어디선가 불쾌한 속삭임이 들려왔다. 쥬고엔 고짓센, 쥬고엔 고짓센.

"들려?"

"뭐가?"

동굴 주변을 살펴보던 은서가 고개를 돌리며 말했다.

"이 소리."

"무슨 소리?"

환청인가? 은서와 기웅이는 정말 아무 소리도 못 들은 표정이었다.

"아, 아니야. 그럼 됐어."

전에 분명 들은 적이 있는 소리인데. 나는 눈을 감고 기억을 떠올리려 애썼다. 그 순간 또다시 소리가 들려왔다. 쥬고엔 고짓센, 쥬고엔 고짓센. 내가 이 소리를 언제 들어봤더라. 이유는 알 수 없지만 불길한 예감이 들었다. 소리는 서늘한 바람과 함께 동굴 안에서 흘러나오고 있었다.

"얘들아, 저것 좀 봐!"

내가 생각에 잠겨 있을 때 은서가 동굴 입구를 가리켰다. 온몸으로 빛을 뿜어내는 반딧불이들이 입구에 모여 원을 그리고 있었다. 차르르르르, 차르르르르. 격렬한 날갯짓 소리가 동굴 안쪽에서 더 크게 울려 퍼졌다.

"얘네 뭐 하는 거야?"

기웅이가 신기하다는 듯 가까이 다가갔다.

"춤추는 거 같은데?"

"춤?"

"그래. 벌들은 자기가 본 것을 친구들에게 춤으로 알린다잖아. 얘네들도 그런 거 아닐까? 우리가 여기에서 계속 미적대고 있으니까 빨리 오라는 신호 같아."

"아하, 신기하네."

은서와 기웅이가 다가가자 반딧불이는 아까보다 더 빠른 속도로 동굴 속을 향해 날았다. 나는 불길한 예감을 떨치지 못한 채로 동굴 속으로 발걸음을 옮겼다.

동굴은 우리 세 사람이 나란히 걸을 수 있을 정도의 폭이었다. 양쪽 벽면은 반질반질한 자갈처럼 매끄러워 손을 갖다 대도 흙이 별로 묻어나지 않았다.

"이 동굴 생긴 지 꽤 오래된 것 같아."

은서도 나와 비슷한 생각을 했는지 동굴 안을 살펴보며 말했다.

"신기하지 않아?"

나는 나무뿌리들이 뻗어 나와 울퉁불퉁한 천장을 가리켰다.

"뿌리들이 이 깊은 곳까지 내려와 있어."

내 말에 기웅이도 놀랍다는 듯이 손을 뻗어 나무뿌리를 만졌다.

"우리 학교에 이렇게 큰 나무가 있었나?"

"글쎄…."

사실 그때 나는 최근 자료조사를 하면서 알게 된 몇몇 이름들을 떠올리고 있었다. 이토 히로부미의 암살을 계획했다가 이토가 안중근 의사의 손에 죽자 이완용으로 타깃을 바꿨던 이재명 의사. 상하이 홍커우 공원에서 윤봉길 의사보다 한 시간 앞서 거사를 계획했으나, 약속된 출입증이 도착하지 않아 울분을 삼켜야 했던 백정기 의사.

"저 뿌리들 덕분에 이 세계가 지탱되고 있는 건지도 몰라."

우리가 봐왔던 것보다 훨씬 많은 것들이 그 아래에 숨 쉬고 있다고. 나는 천장을 올려다보며 생각했다. 뿌리는 누군가가 애쓰는 손 같고 거칠게 돋아난 힘줄 같았다. 내 말의 의미를 알아챘는지 은서와 기웅이도 숙연한 얼굴로 말이 없었다. 그때 반딧불이들이 다시 춤을 추기 시작했다. 아까보다도 더 격렬하게 흔들어대는 춤이었다.

"어? 얘들이 또 왜 이러지?"

"우리가 멈춰 서서 그런가 봐. 어서 가자."

은서가 한발 앞서 나가며 말했다.

"잠깐만."

나는 은서를 불러 세웠다.

"잘 들어봐. 무슨 소리가 들리지 않아?"

"어? 정말이네. 뭔가 우르르르 하는 소리가…."

이번에는 기웅이도 들린다는 듯 미간을 좁히며 말했다.

"발소리야. 누군가 이쪽으로 뛰어오고 있어. 한 명이 아니야. 여럿이야. 그리고 이건…."

"비명이야."

우리 셋은 동시에 눈이 마주쳤다. 반딧불이들은 더 큰 원을 그리며 빠르게 돌고 있었다. 쥐불놀이를 하듯 사방에서 빛이 튀어 올랐다.

"반딧불이의 춤은 빨리 오라는 뜻이 아니야. 저 춤은…."

은서와 기웅이가 의아한 얼굴로 나를 쳐다봤다.

"빨리 도망치라는 뜻이야."

우리는 반딧불이들을 따라 달리기 시작했다. 그러나 발소리는 순식간에 가까워졌다. 누군가의 거친 숨소리가 바로 옆에서 들리는가 싶더니, 양쪽 벽을 타고 십여 명의 그림자가 우리를 앞질러 뛰어갔다.

"그, 그림자였어."

기웅이가 놀란 가슴을 진정시키며 말했다.

"그림자가 뛰어오는데도 발소리가 나다니."

"그림자엔 표정이 없는데도 저들이 잔뜩 겁을 먹고 있다는 게 느껴지지 않아?"

그림자들이 사라진 방향을 쳐다보며 은서가 말했다.

"어휴, 나는 또 우리를 잡으러 오는 줄 알고 괜히 잔뜩 긴장했잖아."

기웅이가 허리를 숙인 채 숨을 골랐다.

"짜식, 아까는 잔뜩 무게 잡고 내려오더니."

말은 이렇게 해도 나 역시 십년감수한 기분이었다. 멀쩡해 보이는 건 평소에 체력단련을 열심히 한 은서뿐이었다.

"잠깐만. 아직 끝난 게 아니야."

은서가 검지를 입에 갖다 대며 말했다. 그리고 보니 또 다른 발소리가 가까워지고 있었다. 우리는 나란히 서서 소리가 나는 쪽을 바라봤다. 네댓 명의 소년들이, 아니 소년들의 그림자가 비명을 지르며 우리 곁을 스쳐 지나갔다.

"봤어?"

은서가 내게 물었다.

"응, 봤지. 이번엔 소년들이었잖아."

"아니 그거 말고. 피."

"아, 그러고 보니 소년들의 저고리가…."

"그래. 붉게 물들어 있었어. 그림자가… 붉게…."

순간 머릿속에 떠오르는 장면이 있었다.

"본 적이 있어. 지금 이 장면. 아, 그런데 그게 언제였더라."

그리 오래된 것 같지는 않은데. 내가 머리를 싸매고 기억을 떠올리려 애쓰고 있을 때 또다시 발소리가 들렸다.

"또야?"

기웅이가 더 이상 놀랍지도 않다는 듯이 말했다. 우리는 다시 뒤를 향해 서서 그림자가 달려오길 기다렸다. 그러나 이번엔 그림자가 아니었다. 죽창과 도끼, 그리고 몽둥이를 든 사내들이었다.

사내들은 먹잇감을 가두는 데 성공한 맹수마냥 음흉한 눈빛을 주고받으며 거리를 좁혔다. 그러곤 순식간에 우리를 둘러쌌다.

"아무 말도 하지 말고 가만히 있어."

셋이 등을 맞대고 선 채로 나는 나지막이 말했다. 기억이 났기 때문이다. 피 묻은 옷을 입고 달려가는 소년들을 어디서 봤는지. 그리고 그 장면이 무엇을 뜻하는지. 나는 최대한 침착한 표정으로 죽창을 든 사내를 보며 말했다.

"도오사레마시타카?"(무슨 일입니까?)

죽창을 든 사내는 미심쩍은 눈으로 주머니에서 종이를 한 장 꺼내 내 앞에 펼쳐 보였다.

'十五圓 五十錢(쥬고엔 고짓센)'

이, 이게 뭐지? 당황한 내가 입을 벌린 채 어쩔 줄 몰라 하고 있을 때 갑자기 낯선 목소리가 끼어들었다.

"민나 코코데 난시테룬다요."(얘들아, 여기서 뭘 하고 있어?)

어느샌가 우리 곁에 다가온 두 명의 청년이 사내들에게 말을 건네고 있었다.

코노 코타치와 와타시토 오나지 갓코오니 카요우 코오하이타치데스."(저와 같은 학교에 다니는 후배들입니다.)

낯익은 얼굴. 대학생의 모습으로 나타난 책소년과 안경소년이었다. 그들은 도시샤대학과 교토제국대학의 교복을 입고 있었다. 그래서인지 자경단이 그들에게는 예의를 차리며 뭐라고 말했다. 그러자 책소년이 손사래를 쳤다.

"아오모리카라 키타 코오하이타치다카라 인토네에숀가 츠요쿠테 하나시카타가 기코치나이."(아오모리에서 온 후배들이라 억양이 세고 말투가 어눌합니다.)

그들의 말을 다 알아들을 수는 없었지만 나는 놀란 표정을 감추고 애써 미소를 지었다. 그래서인지 몽둥이로 우리를 위협하던 사내들이 조금씩 뒤로 물러났다. 하지만 죽창을 든 사내만은 험상궂은 표정으로 우리를 계속 주시하고 있었다.

"니혼진나라 코노 카미니 카이테아루노오 요무노가 무즈카시쿠나이토 오모우." (일본인이라면 이 종이에 쓰여 있는 걸 읽는 게 어렵지 않을 거야.)

죽창을 든 사내가 우리 앞으로 구겨진 종이를 내밀었다. 어떻게 하라는 건지 몰라 내가 주저하고 있을 때 안경소년이 재빨리 종이에 쓰여 있는 글자를 읽었다.

"쥬고엔 고짓센."

그러자 사내는 고개를 저으며 턱 끝으로 나를 가리켰다. 나는 애써 침착한 얼굴로 종이를 들여다봤다. 그제야 나는 죽창을 든 사내의 의도를 간파할 수 있었다. 안경소년이 마치 우리더러 들으라는 듯 큰 소리로 먼저 읽은 이유도.

"쥬고엔 고짓센."

대식이 삼촌 덕분에 일본어 발음은 어느 정도 자신이 있었다. 게다가 아까부터 계속 귓가를 맴돌던 말이었으니까.

사내는 이번엔 은서에게 종이를 내밀었다. 은서는 눈치가 빠른 친구다. 게다가 일본어 1등급이다.

"쥬고엔 고짓센."

문제는 기웅이었다. 사내가 또다시 종이를 거칠게 흔들어 대고 있었다. 하지만 기웅이는 중국어반이다.

"주, 주고엔 고짓쎄."

순간, 자경단원의 몽둥이와 도끼, 죽창이 일제히 기웅이의 목을 겨누었다.

16

기웅이가 끌려간 동굴 안쪽은 금세 어둠에 잠겼다.

"저 사람들은 대체 누구야?"

은서가 발을 동동 구르며 내게 물었다.

"내 안경이 깨졌던 날, 기옥을 찾겠다고 네가 나한테 최면을 걸었잖아. 그날 봤어. 평범한 시민으로 구성된 일본 자경단원들이 조선 사람들을 마구 죽이는 것을."

"군인도 아니고 시민들이 조선인들을 마구 죽였다고?"

은서가 믿기지 않는다는 듯 눈을 크게 뜨며 내게 물었다.

"맞아. 그게 무슨 상황인가 하고 찾아봤어. 당시 일본 관동지방에 지진이 발생해 피해가 어마어마했대. 당연히 민심도 매우 사나워졌겠지. 그러자 일본 관료들은 화가 난 민심을 가라앉힐 희생양이 필요했건 거야. 그들이 선택한 건 조선인들이었어. '지진을 틈타 조선인들이 폭탄을 던지고 있다. 조선인들이 우물에 독을 탔다.' 이런 가짜 뉴스가 삽시간에 퍼지면서 민심에 불을 지른 거야."

"가짜 뉴스 때문에 사람을 죽여?"

"말도 마. 지진 피해로 인한 분노와 원망이 모두 조선인을 향했으니까. 거리로 몰려나온 자경단들은 남녀노소 할 것 없이, 심지어 임산부도 조선인이라는 것이 탄로 나면 그 자리에서 죽여버렸대. 당시 조선인 사망자가 6천 명이 넘었다고 해. 낯선 일본 땅에서, 아무 죄도 없이⋯."

나도 모르게 한숨이 나왔다.

"그런데 아까 그 종이에 적혀 있던 건 뭐야?"

은서가 슬픔과 분노로 일그러진 얼굴로 물었다.

"그, 글쎄. 그거까지는⋯."

"십오 엔 오십 전."

은서가 진정될 때까지 한 발 물러서 우리를 지켜보던 책소년이 말했다.

"그 종이에 쓰여 있던 글자. 자경단이 일본인과 조선인을 구별하기 위해 일부러 발음하기 어려운 단어를 고른 거야."

"미안해. 우리가 너희를 좀 더 일찍 발견했더라면 자경단을 피할 수도 있었을 텐데."

이번엔 안경소년이 우리 곁으로 다가오며 말했다.

"아, 아니에요. 두 분이 아니었다면 우린 아마 이 자리에서

끔찍한 일을 당했을 거예요. 비록 기웅이가 끌려갔지만….″

"구해야지.″

"네?″

안경소년의 말에 나와 은서가 동시에 물었다.

"구할 수 있을 거야. 그 영리한 친구.″

자경단이 죽창과 몽둥이를 들이밀었을 때 기웅이는 갑자기 중국 말을 하기 시작했다.

"그 친구도 관동대지진에 관해 알고 있었던 것 같아. 그러니까 갑자기 중국인인 척을 했겠지. 내가 듣기엔 엉터리 중국어였지만 말이야.″

안경소년의 말에 은서가 반색하며 물었다.

"자경단이 중국인은 죽이지 않았나요?″

"아니. 조선인만큼은 아니지만 중국인도 많이 죽였어. 그렇지만 모든 중국인을 죽인 건 아니야. 일부는 끌고 가서 노예를 삼기도 했지. 그 친구를 죽이지 않고 끌고 간 걸 보면 틀림없이 다른 꿍꿍이가 있는 것 같아.″

"그럼 이제 어떡하죠?″

은서의 물음에 잠시 모두 할 말을 잃었다. 그때 안경소년이 앞서 걸어가며 말했다.

"어서 가자. 일단 자경단의 뒤를 쫓다 보면 반드시 방법이 생길 거야.″

동굴 깊숙한 곳으로 들어갈수록 바닥은 울퉁불퉁하고 길은 복잡해졌다. 마치 나뭇가지가 뻗어나가는 것처럼 동굴은 또 다른 동굴과 이어졌는데, 안경소년은 그중에서 가장 좁아 보이는 동굴로 들어섰다. 길을 아는 걸까. 그의 발걸음에는 조금도 망설임이 없었다.

"와본 길인가요?"

"아니. 하지만 익숙해."

예상치 못한 대답에 나는 하마터면 발을 헛디딜 뻔했다. 그도 처음이구나. 그런데 무엇이 익숙하다는 걸까. 폭이 좁아 한 줄로 걸으면서 나는 자신만만한 표정을 짓고 있을 안경소년의 뒷모습을 바라봤다. 나는 이렇게 두려운데 그에게선 조금의 두려움도 느껴지지 않았다.

"쉿!"

안경소년이 갑자기 발걸음을 멈추고 벽에 귀를 갖다 댔다. 누군가의 발소리가 희미하게 들렸다.

"서두르자."

안경소년의 발걸음이 빨라졌다. 허겁지겁 그 발걸음을 따라가면서 나는 두려움에 관해 생각했다. 어쩌면 그가 익숙하다고 한 것은 두려움이 아닐까. 그렇기 때문에 잠시도 주저하지 않는지도. 마주 선 두려움이 마음속에 뿌리내릴 틈을 주지 않기 위해. 언제부턴가 길은 망설이지 않는 자에게, 목숨 걸고 달려드는 자에게만 아주 조금씩 제 모습을 보여주기 시작했으니까.

"다른 동굴은 천장에 박쥐가 매달려 있었는데 이 동굴만 박쥐가 없었어. 자경단은 횃불을 들고 다니니까 그들이 얼마 전에 지나갔다는 뜻일 거야."

안경소년의 말이 끝나자마자 갑자기 오르막 경사로가 나타났다. 나선형 계단을 오르듯 휘어진 길이었다.

"똬리를 튼 뱀의 배 속 같아."

은서가 손전등으로 앞을 비추며 말했다. 곧게 뻗어나간 빛이 굽은 벽에 부딪힌 뒤 어둠 속으로 사라졌다. 그 빛이 우리를 끌어들이고 있는 것만 같았다.

"너희들은 어느 학교에 다녀? 전공은?"

내 곁에서 걷던 책소년이 말했다. 그는 우리가 자신들처럼 유학생이라고 생각하는 것 같았다. 나는 고등학생이라고, 가끔 시를 쓰지만 전공은 뭐로 할지 아직 정하지 못했다고 말했다.

"이런 곳에서 시를 쓰는 조선인 후배를 만날 줄이야."

책소년은 감격한 듯 말했다. 하지만 감격에 겨워 목이 메는 건 바로 나였다. 그와 함께 걷다니. 이렇게 가까이서 대화를 나누다니.

"머잖아 조선인 징병제가 시작될 거예요. 혹시 그런 소문이 들리거든 얼른 조선으로 돌아가세요. 일본에 계속 머무는 건 위험해요."

"네가 내 걱정을 다 하는구나."

그가 가볍게 웃어넘겼다. 나는 그에게 진지하게 부탁하고 싶었다. 최대한 빨리 일본을 벗어나라고. 그렇지 않으면 살아서는 일본 땅을 벗어나지 못하게 될 거라고. 하지만 내가 이런 말을 한들 그가 믿을까. 되레 나를 이상한 녀석으로 생각하지 않을까. 나는 마음속의 말을 제대로 꺼내지도 못한 채 어색하게 미소만 지었다.

"만약 징병제가 실시되면 고등학생도 예외는 아닐 텐데. 너도 몸조심하렴. 특히 이곳에서는 더욱."

나를 걱정해주는 그의 교복 주머니에는 시집이 꽂혀 있었다. 직접 손으로 써서 묶은 시집. 주머니에 가려 반밖에 보이지 않았지만 나는 이미 그 시집의 제목을 알고 있었다. '하늘과 바람과 별과 시'.

"유명한 시인이 되실 거예요. 아주아주 유명한 시인이요."

무슨 실없는 소리냐는 듯 그가 큰 소리로 웃었다. 그러고는 주머니에서 곱게 접힌 종이를 한 장 꺼내 나에게 내밀었다.

"어제 쓴 시야. 너에게 선물로 줄게."

"아… 이렇게 귀한 걸 절 주시면…."

그가 대수롭지 않다는 듯 웃으며 말했다.

"아하하. 걱정하지 마. 난 이미 다 외워버렸는걸."

나는 떨리는 손으로 종이를 펼쳐 들었다. 그의 말대로 연필로 꾹꾹 눌러쓴 시가 한 편 적혀 있었다. 제목은 '쉽게 씌어진 시'.

"어? 저기….."

곡선으로 휘어진 오르막이 끝나고 동굴이 넓어지는 지점에서 은서가 앞을 가리켰다. 누군가 옷에 묻은 흙을 털며 일어나고 있었다.

"기웅아!"

우리는 기웅이에게 달려갔다. 특별히 다친 데는 없어 보였다.

"너희들 무사했구나. 정말 다행이야."

기웅이가 되레 우리를 보며 안도했다.

"무슨 소리야, 너야말로. 우리가 얼마나 걱정했다고. 어디 다친 데는 없어?"

"자경단은 어떻게 된 거야?"

우리의 질문 세례에 기웅이가 두 손을 내저으며 말했다.

"난 정말 괜찮아. 내가 누구냐. 역사와 전통을 자랑하는 강운고 연극부 부장 아니냐."

"농담하지 말고 제대로 말해봐. 우리가 얼마나 가슴을 졸였다고."

은서의 말에 기웅이가 사뭇 진지한 얼굴로 말했다.

"자경단에 끌려가다가 순간적으로 발작이 일어난 척을 했어. 그대로 끌려갈 수는 없으니까. 바닥에 벌러덩 드러누워 부들부들 떨었지. 온몸을 비틀면서 말이야."

"그런다고 자경단이 속아?"

은서가 황당한 표정으로 물었다.

"입에 잔뜩 거품을 물었거든."

"응? 갑자기 거품을 어떻게?"

기웅이가 주머니에서 뭔가를 꺼내 은서에게 던졌다. 발포 비타민이었다.

"그거 다섯 개를 한꺼번에 물고 있었어. 입안이 아직도 얼얼해. 하지만 효과는 확실했어. 자경단이 나를 두고 내빼더라고. 내가 무슨 전염병에라도 걸린 줄 알았나 봐."

"대단하다. 네 말대로 연극부 부장다워."

은서는 경악하면서도 감탄이 섞인 목소리로 말했다.

"맞아. 그런 상황에서 침착하게 행동하기가 쉽지 않은데. 정말 다행이야."

안경소년이 기웅이의 등을 털어주며 말했다.

"아까는 정말 감사했어요. 두 분이 아니었다면 우리는 진작에 하늘나라로 갔을 거예요."

기웅이가 책소년과 안경소년에게 인사를 건넸다. 이들이 아직 누군지 모르는 눈치였다.

"조선인이 조선인을 돕는 건 당연한 일이니까. 특히 낯선 타국에서는 더욱."

안경소년이 부드러우면서도 단호한 어조로 말했다.

"혹시 두 분 성함이라도 알려주시면…."

"하하. 아니야. 우린 그저 지나가던 유학생이야. 이 친구 말대로 당연한 일을 했을 뿐이고."

책소년이 고개를 저으며 미소 지었다. 그러고는 다정한 눈빛으로 나를 바라보며 물었다.

"그런데 너희들은 어디로 가던 길이야?"

그 밤을 어떻게 이야기해야 할까. 내가 가장 사랑하는 윤동주 시인, 송몽규 지사와 함께 걷던 그 밤을. 어느새 다시 나타난 반딧불이가 길을 밝혀주었고, 우리는 윤동주 시인과 송몽규 지사가 알려준 길을 따라 힘차게 발걸음을 옮겼다. 차르르르르. 두려움은 사라지고 용기만이 남아 반딧불이의 날갯짓 소리를 노래처럼 흥얼거리면서. 우리는 더 이상 주저하지 않을 것이다. 우리는 더 이상 길을 잃지 않을 것이다. 제아

무리 땅을 빼앗아도, 두 눈을 가리고 귀를 막아도 하늘엔 어김없이 별들이 빛나고 있으니까. 그 별 무리 속에서 가장 빛나는 별 두 개가 지금 우리 곁에서 함께하고 있었다.

책소년 윤동주 시인과 안경소년 송몽규 지사는 고종사촌 간이다. 둘은 석 달 간격을 두고 한 집에서 태어나 명동소학교부터 연희전문까지 거의 모든 학창 시절을 함께 보냈다. 그리고 일본 유학을 함께 떠났다가 같은 사건[24]으로 같은 형무소에 수감되어 해방을 목전에 둔 1945년 2월과 3월에 각각 세상을 떠났다. 중학생 시절, 송몽규 지사는 중국으로 떠나 낙양군관학교 한인반 2기생으로 입학해 독립운동에 투신한 바 있다. 낙양군관학교 한인반은 상하이 훙커우 의거에 깊이 감명받은 중화민국 총통 장제스와 백범 김구 선생의 회담 결과 설치된 것으로, 윤봉길 의사의 유산이었다.

"연결되어 있는 것 같아요. 모든 것이 다."

갑작스레 떠오른 생각을 중얼거리다 옆을 보니 윤동주 시인과 송몽규 지사가 보이지 않았다. 대신 동굴의 양쪽 벽에 책소년과 안경소년의 그림자가 우리와 함께 걷고 있었다. 나는 이들과 더 많은 대화를 나누고 싶었는데 그림자는 말이

---

24 조선의 독립과 민족문화의 수호를 선동했다는 죄목으로 조선인 유학생들을 체포한 '재경도在京都 조선인학생 민족주의 그룹사건'.

없었다. 나는 마주 보고 싶었는데 그들은 내게 더 먼 곳을 봐
야 한다고 말하는 듯했다.

"잠깐만, 저건 뭐지?"

기웅이가 동굴이 끝나는 지점을 가리켰다. 그곳에 바람에
살랑이는 커튼처럼 빛이 드리워져 있었다.

"말도 안 돼. 이런 깊은 동굴 속에 빛이라니."

기웅이와 은서는 어느새 빛이 보이는 곳을 향해 달려갔다.
그곳에서 우리를 기다리고 있는 것은 천장이 뻥 뚫린 작은
광장이었다. 그리고 쏟아져 내리는 빛. 연보라색과 핑크색 물
감을 섞어놓은 듯 화사하고도 은은한 빛의 향연이 펼쳐지고
있었다.

"오로라다!"

은서와 기웅이가 동시에 탄성을 내질렀다.

"아니야."

나는 아쿠아리움의 해저터널을 연상시키는 천장을 올려다
보며 말했다.

"저수지야. 우린 지금 저수지 아래에 있는 거야."

내 말이 끝나기 무섭게 이름을 알 수 없는 물고기들이 빛
줄기를 헤치며 유영하기 시작했다. 아래에서 보니 마치 공중
을 날고 있는 것만 같았다.

"너무 아름다워."

은서와 기웅이는 홀린 사람처럼 넋을 놓고 있었다. 둘의 얼굴에 천장의 물결무늬가 춤을 추듯 어른거렸다.

"우연이 아닌 것 같아. 우리가 여기까지 온 게, 그리고 다시 저수지를 건너는 게."

우리는 다시 저수지 앞에 섰지만 누군가에 이끌려서도, 무언가에 쫓겨서도 아니었다. 100년 전 많은 이들이 그랬던 것처럼 우리 또한 결연한 의지로, 간절한 마음으로 여기까지 왔다.

"저기 봐."

은서가 저수지의 가장자리를 가리켰다. 머리 위에서 유영하던 수많은 빛깔의 물고기들이 두 갈래로 갈라졌다. 그리고 그 사이로 나룻배가 유려한 곡선을 그리며 나아갔다. 이 밤, 누가 또 저수지를 건너고 있어. 우리는 약속이라도 한 것처럼 서로를 바라봤다. 저 나룻배는 정박해 있을 새가 없었겠구나. 나라를 빼앗긴 지 10년이 지나고 20년이 지나서도 임시정부와 독립군을 찾아가는 발걸음은 끊이지 않았을 테니까. 은서도, 기웅이도 같은 생각인지 눈가가 촉촉하게 젖어 있었다.

"가자!"

저수지 건너편에는 동굴이 아니라 여러 개의 문이 세워져 있었다. 우리는 그중에서 가장 큰 문 앞에 섰다. 책소년이 알려준 문이다. 유럽 스타일의 고풍스러운 문이었지만 굳게 닫힌 문은 어딘가 위압적으로 느껴졌다. 오래전 헤이그 특사 세 분도 이런 마음이셨을까. 그분들을 떠올리니 이 문이 벽이건, 덫이건 두려울 것이 없었다. 나는 있는 힘껏 문을 열어 젖혔다.

17

"여기가 어디야?"

우리는 거대한 도로 앞에 할 말을 잃고 서 있었다. 돌아보니 우리가 나온 문은 어느새 흔적도 없이 사라졌다. 그저 집한 채 보이지 않는 넓고 평평한 땅 위에 덩그러니 도로만이놓여 있었다.

"어떻게 이 큰 도로에 지나가는 차가 한 대도 없냐."

기웅이의 말에 우리는 새삼 주변을 둘러봤다. 도로의 양옆으로 거칠게 자란 풀들만이 바람에 흔들리고 있었다.

"우리가 제대로 온 게 맞을까? 독립군은커녕 일본군도 보이지 않는데."

그때 손차양을 하고 하늘을 올려다보던 기옥이 손끝으로어딘가를 가리켰다. 멀리서 비행기 한 대가 연기를 내뿜으며날아오고 있었다.

"어? 이쪽으로… 오고 있는 거 같은데?"

우리는 소리를 지르며 풀밭을 향해 달리기 시작했다.

"으악, 여기는 도로가 아니라 활주로였어."

그대로 있다가는 비행기 바퀴에 깔리기 십상이었다. 비행기 엔진 소리가 순식간에 가까워져 뒤를 돌아보니, 붉은 연기를 토해내며 활주로를 향해 급히 하강하고 있었다.

"돌아보지 말고 뛰어."

은서의 말에 다시 전력을 다해 뛰었지만 매일 운동장을 달리는 두 사람과 달리 나는 다리에 힘이 풀려 철퍼덕 넘어지고 말았다. 그때 등 뒤에서 거친 마찰음이 들렸다. 비행기가 굉음을 내며 가까스로 활주로의 끝부분에 착륙하고 있었다. 연기는 왼쪽 날개와 비행기 꼬리 부분에서 나는 듯했다. 두 개의 큰 날개가 위아래로 겹쳐진 1인승 복엽기였다. 나는 몸을 반쯤 일으킨 채 조종석에서 비행사가 비틀거리며 내리는 모습을 지켜봤다. 어? 내가 어리둥절하며 머뭇거리는 사이에 은서와 기웅이는 벌써 비행기로 달려가고 있었다. 나도 허둥지둥 일어나 다시 활주로를 향해 뛰기 시작했다. 비행기 아래에서 비틀거리다 쓰러진 비행사는 기옥이었다.

병실 내부는 교실에 침상 몇 개를 가져다 놓은 것처럼 단조로웠다. 흰색 페인트는 반쯤 벗겨져 얼룩처럼 남아 있고,

천장 구석에는 여름에 친 거미줄이 여태 남아 있었다. 여기에 계속 있으면 없던 병도 생길 것만 같았지만, 전쟁 중이어서지 군인뿐 아니라 민간인 환자도 여럿 보였다. 상하이 홍차거우 비행장 근처의 병원이라고 우연히 만난 조선인 정비사가 알려주었다. 그는 최명우 소령으로 기옥과는 비행학교 동기라고 했다. 그러나 훈련 중에 눈을 다쳐 정비 기술을 배웠다고. 기옥은 다행히 심각한 부상은 아니었다. 하지만 의사는 일주일 이상의 휴식과 안정을 권했다. 그러나 기옥은 당장 퇴원하겠다고 고집을 부렸다.

"어차피 비행기를 수리하는 데 며칠 걸린다고 하니까, 이참에 모처럼 쉬는 게 어때?"

최명우 소령이 기옥에게 휴식을 권했다. 기옥이 주위의 만류에도 불구하고 '전선으로 돌아가 기총소사를 하겠다' 하여 걱정이 이만저만이 아니었다. 기총소사를 통해 일본군을 혼쭐낼 수는 있겠지만, 그러기 위해선 자신도 적의 사정권 안으로 들어가야 했다. 오전에도 적진에 비행기를 몰고 들어갔다가 대공포 파편에 어깨를 다치고 만 것이다.

중일 전쟁의 전조가 된 제1차 상하이 사변. 기옥은 비록 중국 국민혁명군에 소속되어 있었으나 오직 조선의 독립을 위해 일본과 싸우고 있었다.

"전쟁 중만 아니었다면 내가 직접 너희들을 임시정부로 데려갔을 텐데."

기옥은 우리를 기억하지 못했다. 학교에서 만난 기옥과는 다른 차원 혹은 다른 시공간 속의 기옥인 것 같았다.

"아니에요. 이 녀석 다리가 낫는 대로 저희끼리 찾아가면 돼요."

우리는 기옥에게 독립운동을 하기 위해 임시정부를 찾아가는 중이라고 했다. 과거의 그녀가 그랬던 것처럼.

활주로에 기옥이 쓰러졌을 때 기웅이가 기옥을 엎고 풀밭을 달렸다. 혹시나 비행기가 폭발하면 위험할 수도 있으니까. 다행히 비행기는 폭발하지 않았고, 어디선가 정비병과 군인들이 차를 타고 나타났다. 그때까지도 나는 내가 왼쪽 다리를 절뚝이고 있는 것을 알지 못했다. 군인들은 기옥을 도와준 것에 대한 보답으로 내 다리를 치료해주겠다고 했다. 기왕 그렇게 된 거 나는 엄살을 부려 다리에 붕대를 칭칭 감고 기옥과 같은 병실에 자리를 잡을 수 있었다.

"훈련 상황과 실제 상황은 많이 다른가요? 그날 타고 계셨던 비행기가 글로스터 글래디에이터Gloster Gladiator가 맞죠? 그 비행기를 실제로 보게 될 줄은 꿈에도 몰랐어요."

은서와 기웅이는 나를 간병한다는 핑계로 병실에 함께 있었지만, 기웅이에게 나는 관심 밖이었다. 비행사를 꿈꾸는 소년이 우리나라 최초의 여성 비행사를 만났으니 궁금한 게 많을 수밖에. 기옥은 기꺼이 기웅이의 멘토가 되어주었다. 물론 나와 은서도 기옥을 다시 만나 너무나 기뻤다. 하지만 한편으로는 의문이 가시지 않았다. 윤동주 시인과 송몽규 지사는 왜 우리에게 이 길을 알려주었을까. 우리는 분명 백범 김구 선생을 만나러 간다고 말했는데.

병원에 있는 동안 기쁜 소식이 날아들었다. 기옥에게 무공 훈장이 수여될 거라는 소식이었다. 제 일처럼 기뻐하는 우리와 달리 정작 기옥은 담담하게 창밖만 바라봤다. 한참이 지난 후에야 조금 미소를 지어 보였는데, 그것은 훈장을 받아서가 아니라 자신의 계획에 한 발 더 다가갈 수 있게 되었기 때문이라고 했다.

"어쩌면 선전비행의 기회가 주어질지도 몰라. 그래서 비행기를 타고 조선총독부나 일왕의 궁전으로 갈 수만 있다면…."

선전비행은 비행기를 이용해 공중에서 정치적 메시지를 전달하거나, 군사적 위협과 심리전을 펼치는 활동을 말한다. 제1차 세계대전 당시 독일은 비행선 제플린을 이용해 영국 상공에 '독일의 군대는 멈출 수 없다', '항복하면 평화를 보장하겠다'는 내용의 전단을 살포하기도 했다.

"총독부에 폭탄을 퍼붓는 것은 내 오랜 꿈이야. 비행기를 타고 일왕의 궁전으로 갈 수 있다면 그것도 나쁘지는 않겠지."

홍보 전단 대신 몰래 폭탄을 실은 비행기를 타고 바다를 건넌다. 일본에 도착하는 순간 홀로 목표 지점을 찾아가 폭탄을 퍼붓는다. 그다음에는? 망망대해를 건너 다시 돌아올 수 있을까. 선전비행의 목적을 벗어난 단독 행동을 하는 순간 더는 중국군의 지원을 받기도 힘들 텐데. 기옥의 계획을 들으며 우리는 숙연해져 아무 말도 덧붙일 수 없었다.

병실 안의 공기가 무겁게 가라앉자 기옥이 애써 크게 웃으며 말했다.

"아하하. 왜들 이래. 너희가 있기 때문이야. 너희에게 그다음을 맡길 수 있기 때문에 나는, 아니 우리는 기꺼이 우리가 해야 할 일을 하는 것뿐이고."

기옥의 밝은 얼굴에 안도감이 들면서도 나는 여전히 마음이 무거웠다. 그때 누군가 문을 두드렸다. 병실 문은 항상 열려 있었지만 자신이 문 앞에 서 있는 것을 우리가 알아채지 못하자 주의를 끌려고 한 행동이었다. 우리는 모두 고개를 돌려 그쪽을 바라봤다. 문 앞에는 최명우 소령이 서 있었다. 그가 우리를 보더니 기대해도 좋다는 듯 환한 미소를 지으며 문가에서 비켜섰다. 그 옆으로, 겨울의 눈부신 햇살을 등지고 들어서는 두 사람의 얼굴을 확인하는 순간, 나는 그대로 얼음처럼 굳어버렸다.

"선생님께서 여길 어떻게…."

기옥이 먼저 달려가서 인사를 올렸다. 나는 당황해서 어쩔 줄을 몰라 하고 있는데 은서와 기웅이도 그분의 얼굴을 알아보고는 자리에서 일어났다.

"오랜만일세. 권기옥 동지. 몸은 좀 어떤가."

배, 백범… 기웅이와 은서는 신기하다는 듯 눈을 크게 뜨고 서로 마주 봤다. 김구 선생과 함께 온 사내는 문가에 서서 병실 안을 둘러보고 있었다.

"괜찮습니다. 의사들이 하도 성화를 해서 잠시 쉬고 있지만 곧 다시 비행기에 오를 겁니다."

백범 선생을 무례할 정도로 빤히 쳐다보는 은서와 기웅이에게 눈짓으로 계속 신호를 보냈지만 녀석들은 아직 눈치를 채지 못하고 있었다.

"참, 내 소개함세. 함께 온 이 동지는 요즘 나를 물심양면으로 도와주고 있는…."

은서와 기웅이는 이 사내의 얼굴을 모른다. 그가 바로 내가 말한….

"권칠성 동지일세."

밀정이라는 것을. 기옥이 권칠성과 악수를 했다. 기웅이와 은서는 그의 이름을 듣고서야 놀란 눈으로 나를 쳐다봤다.

"이쪽은 조선에서 온 젊은 친구들입니다. 사고가 났을 때 저를 구해주기도 했고요."

기옥이 우리를 김구 선생에게 소개했다.

"오, 그래? 장한 일을 했구먼."

"그렇지 않아도 이 친구들이 임시정부를 찾아간다기에 제가 연락을 드리려고 했는데 이렇게 선생님께서 오실 줄은…."

"하하. 어째 요즘 좋은 일이 생길 것만 같은 예감이 들더라니. 오랜만에 기옥이 자네도 보고, 이렇게 장한 청년들도 만나게 되었구먼."

김구 선생과 기옥이 대화를 나누는 동안 권칠성이 나를 흘끗거리는 게 느껴졌다. 그는 다른 차원의 권칠성일까, 아니면 내가 만났던 바로 그 권칠성일까. 나는 기분 나쁜 그의 시선을 모른 척하며 침대에 앉아 있었다.

윤봉길 의사가 폭탄을 투척했던 홍커우 공원의 행사는 일본이 제1차 상하이 사변의 승리를 기념하기 위해 연 행사였다. 그렇다면 내가 버스 종점에서 권칠성을 처음 만나게 되는 것은 앞으로 몇 달 뒤의 일이다. 그러니 이자가 내가 만났던 권칠성이라고 해도 지금의 나를 알아보지는 못할 것이다.

"그런데 선생님, 여기까지 어쩐 일이신가요?"

기옥의 말에 김구 선생이 주변을 살피며 목소리를 낮춰 말했다.

"내 자네에게 긴히 부탁할 게 있어서 왔네만."

기옥이 은서와 기웅이에게 잠시 자리를 비켜달라고 말했다. 나는 재빨리 주머니에 있던 커피 땅콩을 침대맡에 서 있던 은서의 손에 쥐여주었다. 지금이야말로 권칠성의 정체를 밝힐 절호의 기회다. 눈치 빠른 은서가 권칠성에게 말했다.

"권 선생님, 혹시 커피 좋아하시나요?"

그가 커피라면 사족을 못 쓴다는 것을 내가 은서와 기웅이에게 말한 적이 있었다.

"두말하면 잔소리지요."

"그럼 저희가 구라파에서 유명하다는 커피 땅콩을 조금 가져왔는데, 혹시 두 분이 대화를 나누시는 동안 아래층 응접실에서 대접을 해드려도 될까요?"

권칠성의 눈썹이 살짝 올라가며 입꼬리에 미소가 번졌다. 김구 선생이 가도 좋다는 듯 권칠성을 보며 고개를 살짝 끄덕였다. 세 사람이 병실에서 나가고 기옥과 김구 선생, 그리고 다리에 붕대를 감은 나만 병실에 남았다.

"선생님, 이제 편하게 말씀하시지요."

김구 선생이 목소리를 낮춰 말했다.

"혹시 자네, 폭탄을 좀 구해줄 수 있겠나?"

"네? 폭탄이요?"

"그래. 휴대하고 다닐 수 있을 정도로 작은 폭탄이 필요하네. 수통이나 도시락으로 위장할 수 있는 크기라면 더 좋겠네."

김구 선생은 기옥이 군인 신분인 만큼 그나마 폭탄을 구하기가 수월할 것으로 생각하신 것 같았다.

"몇 사람에게 더 부탁해놓기는 했네만 다들 상황이 여의치 않은 모양이야."

기옥의 얼굴에 얼핏 당혹스러운 빛이 어렸지만 이내 차분히 대답했다.

"네. 알겠습니다. 저도 한번 알아보겠습니다."

김구 선생과 기옥이 대화를 나누는 동안 나는 가방에서 밀정 문서가 담긴 파일을 슬며시 꺼냈다. 이것이야말로 권칠성의 정체를 폭로할 완벽한 증거다. 그런데 파일을 펼치는 순간 나도 모르게 짧은 탄식을 내뱉고 말았다. 1932년 3월 20일. 아뿔싸! 문서에 적힌 날짜를 생각 못 했다. 그러니까 오늘이… 나는 다시 문서에 적힌 내용을 확인했다. 임시정부 특무대의 활동에 관한 보고서. 유상근 동지와 최흥식 동지. 그리고 다롄에서 준비하고 있었던 일들. 나는 눈을 질끈 감고 머릿속으로 날짜를 계산했다. 유상근 동지의 거사는 윤봉길 의사의 홍커우 의거 직후로 계획되어 있었다. 그리고 홍커우 의거는 상하이 사변과 같은 해에 일어났다. 그렇다면 지금은 1932년일 것이다. 다행히 연도는 일치한다. 그런데 3월… 병실에 걸린 달력은 2월을 가리키고 있었다.

문서의 작성 날짜가 미래로 적혀 있다면 김구 선생이 어떻게 생각할까. 혹시 위조된 문서나 모함이라고 생각하지는 않을까. 나는 입술을 깨물며 일단 문서를 다시 가방에 넣었다.

윤동주 시인과 송몽규 지사가 알려준 길은 일종의 지름길이었다. 우리가 상해임시정부로 찾아간들 임시정부의 최고 지도자인 김구 선생을 이렇게 쉽게 만날 수는 없었을 테니까. 우리는 기옥의 배웅을 받으며 김구 선생과 같은 차에 올랐다. 최명우 소령이 운전하는 군용 트럭이었다. 특이하게 뒷좌석이 있는 4인승 트럭이었는데 앞좌석엔 최명우 소령과 권칠성이, 뒷좌석엔 다리에 붕대를 감은 나와 김구 선생이 탔다. 은서와 기웅이는 짐칸에 마대를 깔고 앉았다. 프랑스 조계지로 향하는 길이었다.

병원에서 멀어질수록 상하이의 도시 풍경이 가까워지고 있었지만 김구 선생은 어디에도 시선을 두지 않았다. 그저 고요하고도 견고한 결의를 품은 채 생각에 잠겨 있었다. 차창 밖으로 유럽에서나 볼 법한 건물과 상점들이 눈에 띄기 시작했다. 많은 사람들이 거리에 나와 있었다. 역시 상하이는 화려하고 복잡한 도시구나. 두리번거리며 감탄을 하고 있는 데 최 소령이 권칠성을 보며 말했다.

"뭔가 좀 이상하지 않아?"

그제야 김구 선생도 창밖으로 시선을 돌렸다. 거리 여기저 기에 사람들이 모여 있었는데 다들 하늘을 올려다보고 있었다.

"왜들 저러지?"

상하이 시내로 들어가는 길은 무척 혼잡했다. 차가 밀려 가다 서다를 반복했다. 도로 위엔 차뿐만 아니라 사람들도 뒤엉켜 있었다.

"무슨 일인지 제가 잠깐 다녀오겠습니다."

최 소령이 갓길에 차를 세우고는 어딘가로 뛰어갔다. 김구 선생도 염려가 되는지 그의 뒷모습에서 시선을 떼지 않았다.

"어?"

짐칸에 앉아 하늘을 올려다보던 기웅이가 말했다.

"전투기다."

전투기 여러 대가 우리가 온 방향으로 빠르게 날아가고 있 었다. 어디선가 사이렌이 울리기 시작했다. 다시 차로 돌아온 최 소령이 거친 숨을 몰아쉬며 말했다.

"일본군입니다. 북부 지역에 공습이 있었고, 중국군에는 퇴각 명령이 내려진 모양입니다. 지금 일본군들이 훙차거우 비행장 쪽으로 몰려오고 있답니다."

그때 병원이 있던 방향에서 폭발음이 들려왔다. 사람들이 비명을 지르며 흩어졌다.

"우리는 여기서 내려야겠네. 내 긴히 들를 곳이 있어. 자네는 어찌할 텐가?"

김구 선생이 최 소령을 보고 물었다.

"그러시다면 저는 일단 병원으로 돌아가겠습니다."

"자네들은?"

김구 선생이 고개를 돌려 우리를 보며 물었다.

"어… 저희는….'

순간적으로 판단을 하기가 쉽지 않았다. 우리는 권칠성의 정체를 밝힐 기회를 엿보며 임시정부로 향하던 길이었다. 그 순간 또 한 번 폭발음이 들렸다. 이번에도 병원이 있는 방향이다. 아무래도 일단 기옥에게 가봐야 할 것 같았다.

"저희도 병원으로 돌아가겠습니다. 가서 해야 할 일이 있습니다. 임시정부에는 곧… 아니 언젠가 꼭 찾아뵙겠습니다."

"그래, 알겠네.'

김구 선생이 권칠성과 함께 차에서 내렸다.

"선생님, 몸조심하십시오.'

최 소령의 인사에 김구 선생이 중절모의 끝을 살짝 내렸다 올린 뒤 권칠성과 함께 건물들 사이로 사라졌다.

"밀정 문서는 드렸어?"

뒷좌석에 올라탄 은서가 물었다.

"응."

김구 선생이 차에서 내리기 전에 나는 문서를 접어 그의
외투 주머니에 넣어두었다.

"날짜는 어떡하고?"

나는 급히 찢어낸 문서의 모퉁이를 은서의 손에 쥐여주었
다.

다행히 병원은 폭격 속에서도 무사했다. 그러나 내부는 아
수라장이었다. 일본군이 몰려온다는 소식에 환자뿐 아니라
의료진들도 혼란에 빠진 모습이었다. 군용트럭이 환자들을
어디론가 실어 나르고 있었고, 의료진들도 서류와 약품들을
챙기느라 분주했다.

우리는 병원에 도착하자마자 2층 병실로 달려갔다. 그러
나 기옥의 자리는 비어 있었다. 어디로 갔을까. 상하이 시내
에도 폭격이 시작됐는지 도시 여기저기에서 연기 기둥이 피
어오르고 있었다. 병원 안을 두리번거리며 기옥을 찾고 있는
데 계단을 뛰어 내려가던 최명우 소령과 마주쳤다. 그는 우
리를 보자마자 기옥의 소식을 전해줬다.

"권 동지가 훙차거우 비행장으로 갔다는군."

"네?"

"비행장을 포기하고 퇴각하라는 명령이 내려졌음에도 혼자서 그리로 간 모양이야."

역시 기옥다웠다. 비행장에 이어 비행기까지 순순히 내어줄 생각은 전혀 없는 모양이다.

"혼자서 위험하지 않을까요?"

은서의 물음에 최 소령이 말했다.

"비행장은 전쟁 시 적들의 최우선 타격 대상이야. 나는 지금 비행장으로 갈 테니 너희들은 어서 피해."

"저희도 함께 갈게요."

"아니야. 너무 위험해. 이 친구는 다리도 불편하고…."

최 소령이 나를 보며 말했다. 나는 간호사실에서 챙겨 온 가위로 다리의 붕대를 쓱쓱 잘라버렸다. 그리고 왼쪽 다리로 바닥을 탁탁 두드렸다. 최 소령이 눈을 동그랗게 뜨고 아연한 표정으로 나를 쳐다봤다.

"가시죠!"

우리는 모두 최 소령의 트럭에 올라탔다. 비행장은 병원에서 5분 거리에 있었다.

비행장으로 가는 길의 군사 시설들은 일본군의 폭격에 쑥대밭이 되어 있었다. 파괴된 참호와 불타는 차량 사이로 널브러진 시체들이 보였다. 다행히 비행장은 피해가 크지 않았다. 자기들이 사용하기 위해 일부러 폭격 대상에서 제외한 것 같았다. 우리는 전속력으로 활주로를 가로질렀다. 멀리 격납고가 보였다. 누군가 그 앞에서 커다란 통을 질질 끌며 옮기고 있었다.

"권 동지!"

우리가 달려가자 기옥이 그제야 멈춰서 놀란 눈으로 우리를 쳐다봤다.

"이건… 물이 아니요?"

통 속에 든 것을 확인한 최 소령이 물었다.

"비행장을 일본 놈들에게 순순히 내어줄 수는 없으니까요."

기옥은 연료 저장고로 가던 길이었다. 연료에 물을 섞으면 비행기 엔진 내부에서 불완전 연소가 돼 문제가 생긴다. 심할 경우에는 이륙 직후 엔진이 고장 날 수도 있다.

"이건 나한테 맡기고 권 동지는 비행기를…."

단번에 기옥의 의도를 알아챈 최 소령이 물통의 손잡이를 움켜쥐며 말했다.

"시간이 없소. 언제 일본 놈들이 몰려올지 모르고 재공습이 있을 수도 있으니."

"그럼 부탁할게요. 너희들은 나를 좀 도와주겠니?"

기옥이 우리를 돌아보며 말했다.

우리는 기옥을 따라 격납고로 들어갔다. 격납고 안에는 비행기 세 대가 조용히 자리를 지키고 있었다. 셋 다 기종은 달라 보였다. 그런데 두 대는 아직 수리 중인지 엔진 커버가 열려 있고, 주위에 각종 기계와 부품들이 흩어져 있었다. 나머지 한 대는 주변이 깨끗했다. 그러나 바퀴가 로프에 단단히 고정되어 있었다. 로프는 제법 두툼해 보였는데 비행기 뒤쪽에 있는 앵커(고리)에 연결되어 있었다.

"내가 기체 점검을 할 동안 이 로프를 풀어줘."

기옥이 나를 보며 말했다.

"그리고 너희는 격납고의 문을 부탁해."

은서와 기웅이가 격납고의 거대한 문 쪽으로 뛰어갔다. 나는 앵커로 가서 로프를 당겨봤다. 꿈쩍도 하지 않았다. 이걸 어떻게 푸는 거지? 주위를 둘러보니 격납고 한쪽에 작은 사무실 같은 게 보였다. 저기에 뭔가 도움이 될 만한 도구가 있지 않을까?

사무실 안에는 예상대로 각종 부품과 도구들이 쌓여 있었다. 가위보다 큰 뭔가가 필요한데. 나는 황급히 도구들을 살폈다. 그런데 아까부터 누군가 나를 지켜보는 듯한 기척이 느껴졌다. 그러나 돌아보면 아무도 없었다. 기분 탓인가. 폭격 때문인지 격납고 안에는 전기가 들어오지 않았다. 나는 어두컴컴한 사무실 안을 뒤지다 빈손으로 나왔다. 저 멀리에서 은서와 기웅이가 힘겹게 격납고의 문을 밀고 있는 게 보였다. 아주 커다란 슬라이딩 도어였는데 전기가 끊겨 수동으로 여는 수밖에 없을 터였다.

기옥은 점검을 끝냈는지 비행기의 시동을 걸고 있었다. 몇 번인가 엔진 돌아가는 소리가 나다 이내 멈추더니, 이번에는 엔진 소리가 점점 일정한 리듬을 찾아가기 시작했다. 됐구나! 그럼 나도 어서… 다시 사무실 주변의 부품들 사이를 오가는데 희미한 그림자 하나가 내 앞을 막아섰다.

"너, 너는…."

그림자가 천천히 모습을 드러냈다. 창백한 피부와 날카로운 턱선, 검은 모자 아래 박쥐처럼 숨은 두 눈.

"쥐새끼처럼 밤에 돌아다니면 고양이를 만나기 마련이지."

검은 모자가 특유의 비열한 미소를 지으며 말했다. 이놈이 여기까지 따라오다니. 나는 바닥에 떨어져 있는 스패너를 주워들었다. 그러자 검은 모자가 허리에 찬 칼에 손을 갖다 댔다. 저거다! 그 순간 나는 겁에 질리기는커녕 반가운 마음에 이렇게 말했다.

"고양이가 분수를 모르면 호랑이를 만나기 마련이고."

나는 검은 모자에게 잽싸게 달려들었다. 긴 칼은 뽑아 드는 데 시간이 걸리기 마련. 내 반응을 예상하지 못했는지 간신히 칼을 빼 들던 검은 모자가, 뒷걸음질하다 부품에 발이 걸려 뒤로 벌렁 자빠졌다. 나는 재빨리 검은 모자의 손목을 힘껏 밟아 칼을 뺏어 들었다. 그리고 그 칼로 바닥에서 버둥거리던 검은 모자의 목을 겨눴다.

"도둑고양이 주제에…."

나는 칼끝을 검은 모자의 목에 더 가까이 들이밀었다. 검은 모자는 공포에 질린 얼굴로 버둥거렸다.

"사, 살려줘."

애초에 그를 죽일 생각은 없었다. 다만 그가 저지른 악행에 대한 대가는 치르게 하고 싶었다. 다시 폭격이 시작되었는지 굉음과 함께 격납고의 유리창이 거세게 흔들렸다. 돌아보니 격납고의 문이 거의 다 열려 있었다. 기욱은 시동을 켜놓은 채 나를 향해 뭐라고 소리쳤다. 나는 있는 힘을 다해 비행기로 달려갔다.

"하나!"

나는 칼을 높이 치켜들었다가 비행기와 앵커 사이에 팽팽하게 당겨진 로프를 내리쳤다. 뭉툭하고 둔탁한 소리가 나는가 싶더니 끊어진 로프가 튕기며 뱀처럼 휘어져 격납고 바닥을 스쳤다. 기다렸다는 듯 기욱의 비행기가 거친 엔진 소리를 냈다.

"둘!"

비행기가 움직이기 시작하자 기옥이 나를 향해 다시 한번 소리쳤다. 어서 최 소령과 함께 피하라고 말하는 것 같았다.

"셋!"

나는 검은 모자의 칼을 비행기 앞으로 던졌다. 비행기 바퀴에 깔린 칼이 경쾌한 소리를 내며 두 동강이 났다. 뒤쪽에서 검은 모자의 비명이 들리는 것만 같았다.

"넷!"

우리는 기옥의 비행기를 따라 뛰기 시작했다. 격납고 밖에는 어느새 눈송이가 떨어지고 있었다.

"다섯!"

기옥이가 탄 비행기가 하늘 위로 힘차게 솟아올랐다. 우리는 거친 숨을 몰아쉬며 기옥을 향해 손을 흔들었다. 차갑고 부드러운 눈송이가 얼굴을 적시며 흘러내렸다.

18

내가 쓴 희곡의 마지막 장면은 해방의 순간이었다. 일제
강점기 어느 학교의 교실을 배경으로 하고 있다. 그러나 해
방의 순간은 무대 위에만 있는 것이 아니다. 이제 곧 나도 공
연에 합류할 시간. 내가 뛰어들 곳은 무대가 아니라 관객석
이다.

나는 무대 옆 통로에서 관객석을 바라봤다. 숨죽인 채 무
대를 주시하고 있는 관객들의 가슴에는 독립운동가들의 이
름이 적힌 목걸이가 걸려 있다. 체육관에 입장할 때 우리가
나눠준 것이다. 오늘 하루만이라도 순국선열과 애국지사가
되어보길 바라는 마음에서 계획한 작은 이벤트다. 익숙한 이
름보다 낯선 이름이 훨씬 많았지만 관객들은 기꺼이 이름표
를 목에 걸었다.

내가 맡은 배역은 '학생 4'다. 이번에도 공연이 끝나기 전에 겨우 등장한다. 하지만 이걸로도 충분하다. 백범 김구 선생 역을 맡은 기웅이를 비롯한 연극부원들이 공연을 잘 이끌어주었으니까. 물론 다른 동아리원들도 저마다 크고 작은 역할에 최선을 다했다. 특히 안중근 의사 역을 맡은 태원이는 혼신의 연기를 펼쳤다. 캐스팅을 두고 모두가 우려했었지만 재판정에서 사형 선고를 받을 때 태원이는 감정이 북받쳤는지 눈물 연기까지 선보였다. 아니, 그건 연기가 아니라 진실된 마음이었다고, 이곳에 있는 우리 모두의 마음 또한 다르지 않았다고 나는 믿고 있다.

드디어 연극의 클라이맥스. 교실로 한 아이가 뛰어 들어와 소리친다.

"얘들아. 해방되었대. 일본 놈들이 줄행랑을 치고 있대. 빨리 모두 밖으로 나와. 만세 소리가 가득한 거리로 어서 나와!"

학생들이 환호했다. 맨 뒤에 앉아 있던 학생이 교실 상단에 붙어 있던 일장기를 떼어냈다. 그러곤 파란색 크레파스로 태극무늬를 만들었다. 수십 년에 걸쳐 태극기를 모두 압수해도 그렇게 태극기는 어디서든 다시 나타났을 것이다.

무대 위로 화려한 조명이 쏟아지고 밴드 동아리의 공연이 시작되었다. 아리랑을 록 음악으로 편곡한 신나는 곡이다. 다시 등장한 안중근 의사가 마이크를 잡았다. 체육관의 분위기가 한껏 고조되면 이제 우리가 등장해야 할 시간. 무대 위에 있던 학생들이 아래로 뛰어 내려갔다. 그리고 무대 뒤에서 대기하고 있던 학생 1, 2, 3, 4, 5, 6, 7, 8, 9, 10도 관객석으로 뛰어들었다.

이번 공연의 관객석엔 의자가 없다. 이 시간을 위해 우리가 일부러 의자를 치우고 관객들을 바닥에 앉혔기 때문이다. 하지만 밴드 동아리의 공연이 시작된 후부터 관객석은 이미 스탠딩 공연장으로 변해 있었다. 우리는 관객들과 함께 손을 잡고 춤을 추기 시작했다. 요즘 유행하는 아이돌 댄스가 아니라 기쁨에 겨워 절로 나오는 춤. 배운 적 없어도 이미 몸속에 흐르고 있던 춤이다. 그날 그 모습을 지켜본 대식이 삼촌은 우리가 마치 강강술래를 하는 것 같았다고 말했다. 그렇게 우리는 순국선열과 애국지사가 되었고, 해방의 기쁨을 몸과 마음으로 분출했다.

백범 김구 선생이 유관순 열사를 안아준다.
우당 이회영 선생의 여섯 형제가 어깨춤을 춘다.

약산 김원봉 선생이 의열단 단원들의 이름을 부르며 한 명 한 명 악수를 청한다. 윤세주, 곽재기, 이성우, 김상옥, 김익상, 나석주, 최수봉, 박재형, 오성륜, 이종암, 김지섭….

윤희순 선생이 여성 의병 단원들과 「안사람 의병가」를 부른다. 그 곁으로 은서의 풍물패가 흥을 돋우며 지나간다.

우리는 손을 잡고 체육관 안을 돌기 시작했다. 자연스럽게 여러 개의 작은 원이 만들어졌다. 톱니바퀴 여럿이 맞물려 돌아가듯 체육관이 꽉 찼다. 인원이 늘고 있었다. 우리를 지켜보던 선생님들, 부모님들, 그리고 어색해서 쭈뼛거리던 학생들이 함께 손을 마주 잡았다. 우리는 정말 한 번도 해본 적 없는 강강술래를 하고 있었던 것일까. 이순신 장군이 불을 든 부녀자들에게 한밤의 해안가를 돌며 '강강수월래'를 외치게 함으로써, 일본군으로 하여금 조선군 병사의 규모를 착각하게 하여 쉽사리 공격해 들어오지 못하도록 만들었다는 그 민속놀이를. '강한 오랑캐가 물을 넘어온다(強羌水越來).' 아니지. 오늘은 우리가 넘어갈 차례다. 나는 충동적으로 체육관의 문을 열어젖혔다. 나와 눈이 마주친 은서가 풍물패를 운동장으로 이끌었다. 체육관은 좁으니까. 우리의 이 마음을 다 담아내기엔 너무 좁으니까. 손에 손을 잡고 우리는 체육관 밖으로 나갔다. 이내 운동장에 거대한 원이 만들어졌다.

1919년 3월 1일, 그날도 이러지 않았을까. 태화관에서 독립 선언서를 낭독하고 전국의 골목골목에서 시작된 만세 소리가, 숨겨놓았던 태극기를 꺼내 들며 큰 길가로, 일제의 총칼에도 아랑곳하지 않고 더 큰 길가로, 그렇게 결국은 광장을 가득 메우지 않았을까.

달빛은 어두웠지만 온몸으로 불을 밝힌 곤충들이 사방에서 날아올랐다. 차르르르르. 하늘빛이 노랗게 물들었다. 곤충들이 신기한 듯 사람들이 멈춰서 하늘을 올려다보았다. 그때 어두운 구름을 뚫고 나온 복엽기 한 대가 선회비행을 하기 시작했다. 나는 기웅이와 은서를 눈으로 찾았다. 녀석들도 저 비행기를 조종하는 사람이 누구인지 이미 알고 있다는 듯 반가운 얼굴로 하늘을 올려다보고 있었다. 복엽기가 프로펠러 소리를 내며 운동장에서 최대한 잘 보이는 곳까지 내려왔다. 조종석에 앉은 그녀가 우리를 향해 반갑게 손을 흔들고 있었다.

그해 여름, 우리가 찾아 헤맨 과녁은

기웅이와 은서는 벌써 전쟁기념관 앞에 서 있었다. 오늘은 우리가 오래 기다려온 특별 전시가 시작되는 날이다. 이 녀석들, 대학생이 되더니 개과천선을 한 건가. 약속 시간보다 십 분 일찍 도착했는데도 내가 꼴찌였다. 혹시 너희들도 나처럼 밤새 설레었던 거니, 묻고 싶었지만 그러지 않았다. 그저 서로의 어깨를 툭 치는 것으로, 패션 센스를 마음껏 비웃어주는 것만으로도 안부 인사는 충분했다. 여름방학 이후 넉 달 만이다.

한 살 한 살 나이를 먹어갈수록 우리가 함께할 수 있는 시간은 계속 줄어들 것이다. 하지만 걱정하지 않는다. 살면서 많은 것들이 변하더라도 우리는 변치 않는 것들의 자리에 서로를 놓아둘 테니까.

은서는 희망했던 대로 경찰대학에 진학했다. 목표를 정하고, 최선의 노력을 다하고, 결국엔 꿈을 이뤄내는 은서를 보면 항상 기분 좋은 자극을 받는다. 친구지만 존경스러운 녀석. 고교 시절이 몹시도 그리운 밤이면 나는 다시 한번 은서에게 최면이 걸리는 상상을 한다. 그러면 돌아갈 수 있지 않을까. 조국을 향해 타오르던 마음 곁으로, 밤의 학교를 달리던 그 순간들로.

기웅이는 공군사관학교에 진학하지 못했다. 뒤늦게 발견한 색약이 결국 문제가 되었다. 대신 역사교육과에 진학했다. 어려서부터 역사 공부하는 것을 워낙 좋아했기 때문에 대학 생활이 마냥 즐겁다고 했다. 다행이다. 이제 기웅이는 창공이 아니라 교실에서 아이들과 함께 비상飛上할 날을 고대하고 있다.

나는 문창과에 진학했다. 여전히 미래에 대한 확신은 없지만 그저 묵묵히 '나에게 주어진 길을'[25] 걸어가고자 한다. 다만 한 가지 새로운 소식이 있다면 요즘 소설을 쓰고 있다는 거다. 전공 필수 과목인 소설 창작 수업의 과제로 시작한 것인데, 쓰다 보니 길어졌고 길어지니 장편소설로 완성해보고

25 윤동주의 「서시」 中.

자 하는 욕심이 생겼다. 고교 시절 학교에서 보낸 밤들과, 모두가 함께한 축제에 관한 소설이다. 제목은 '밤의 학교'.

이 모든 이야기의 시작인 권기옥 지사는 상하이 사변 3년 후 장제스의 부인인 송미령 중국항공위원회 부위원장으로부터 선전비행을 제안받는다. 종착지는 일본이었다. 권기옥 지사는 장거리 비행 훈련을 하며 그날이 오기만을 손꼽아 기다렸다. 그러나 갑자기 정국이 불안해지면서 선전비행이 출발 당일에 어이없이 취소가 되고 말았다. 해방 이후 권기옥 지사는 국회 국방위원회 전문위원이 되어 대한민국 공군 창설에 큰 힘이 되었다.

지금 우리 앞에는 그토록 보고 싶어 했던 편지 한 장이 오래된 사진과 함께 놓여 있다. 중국 윈난항공학교 1기생으로 입학한 권기옥 지사가 첫 단독비행을 마친 후 도산 안창호 선생에게 보낸 편지다.

이십여 년 구속받던 아픈 마음과 쓰린 가슴을 상제주(하느님)께 호소하고
공중여왕 면류관을 빼앗으러 가나이다.

길이 사랑하여 주심 바라

삼가 이 꼴을 눈앞에 올리나이다.

사랑하시는 기옥 올림

– 1924년 7월 5일 윈난에서

사진 속에는 낯익은 복엽기 한 대가 이륙을 준비하고 있었
다. 조종석에 앉은 권기옥 지사의 얼굴이 선명했다. 우리는
나란히 서서 사진 앞에 정중히 고개 숙여 인사를 올렸다.

〈끝〉

* 안중근 재판 관련 기록은 『안중근 전쟁, 끝나지 않았다』(이기웅 편역, 열화당)를
참고했음을 밝힙니다.

국립서울현충원 애국지사묘역 위쪽에는 무후선열제단이
있습니다. 이곳은 의병 활동 및 독립운동을 하다 순국한 분
중에서, 유해를 찾지 못하고 후손이 없는 선열들의 위패가
봉안된 곳입니다. 헤이그 특사 이상설, 이위종 지사, 일본에
서 무정부주의 단체를 조직해 일왕 폭살을 계획하다 체포된
박열 의사, 임시정부 국무위원으로 김구 선생을 보좌하고 한
국독립당 선전부장을 지낸 엄항섭 지사 등 134위의 위패가
모셔져 있습니다.

몇 해 전 혼자서 무후선열제단을 방문한 적이 있습니다.
이슬비가 내리던 봄날이었고, 희미한 안개가 묘역을 감싸 안
은 채 낮게 흐르고 있었습니다. 그날 저는 유관순 열사의 위
패 앞에서 오랫동안 발걸음을 뗄 수 없었습니다. 날씨 때문

인지 무후선열제단 내부에는 빛보다 어둠이 더 깊게 드리워져 있었고, 조금은 쌀쌀했던 기억이 납니다. 그래서인지 그날따라 유독 유관순 열사가, 그리고 그곳에 모신 애국지사들의 위패가 조금은 외로워 보였습니다.

'백범 김구 선생이 유관순 열사를 안아준다.'

그날 떠올린 문장입니다. 어쩌면 저는 이 문장을 쓰기 위해 지난 3년간 『밤의 학교』에 매달렸는지도 모르겠습니다.

백범 김구 선생과 유관순 열사는 서로 만난 적이 없습니다. 유관순 열사가 3.1운동 중 체포되었고 이듬해 모진 고문 끝에 돌아가셨기 때문입니다. 당시 유관순 열사의 나이는 열일곱이었습니다. 3.1운동 중 부모님이 일본 헌병에게 살해당하고, 자신도 차가운 감옥에 끌려가 고문을 당하며 얼마나 외로웠을까요. 가늠할 수 없는 슬픔과 고통 앞에 마음이 숙연해집니다.

저는 유관순 열사에게 당신은 혼자가 아니라는 말을 하고 싶었습니다. 무후선열제단에 위패를 모신 분들에게도, 애국지사묘역에 잠들어 계신 많은 분에게도 말입니다. 이런 마음을 담아 축제에서 학생들이 애국지사의 이름표를 목에 거는 장면을 구상했습니다. 김구 선생의 이름표를 건 학생과 유관순 열사의 이름표를 건 학생이 포옹할 때, 의열단 김원봉 단장이 단원 한 명 한 명의 이름을 부르며 악수할 때, 어제의 투쟁이 오늘의 축제로, 그리고 내일의 희망으로, 시대와 세대를 뛰어넘어 영원히 애국지사들의 뜻이 전해지기를 바라는 마음으로 이 소설을 썼습니다.

　그날, 무후선열제단을 나서는데 어느새 비가 그쳐 있었습니다. 저는 무후선열제단 입구와 가까이에 있는 197번 묘소 앞에 서서, 구름 사이로 비치는 햇살을 손바닥으로 받아보았습니다. 그게 꼭 누군가 내미는 손 같다고, 언젠가 제가 쓰게 될 소설도 오늘의 햇살처럼 따뜻한 손이 되었으면 좋겠다고, 그런 생각을 하며 묘소 앞에 한참을 서 있었습니다. 사실 그날은 그분을 뵙기 위해 나선 길이었습니다. 애국지사묘역 197번은 바로 권기옥 지사의 묘소입니다.

　『밤의 학교』를 쓰는 동안 많은 책의 도움을 받았습니다. 그중에서도 『날개옷을 찾아서』(정혜주, 하늘자연), 『윤동주 평전』(송우혜, 서정시학), 『안중근 전쟁, 끝나지 않았다』(안중근 저, 이기웅 편역, 열화당), 『우당 이회영 평전』(김삼웅, 두레), 『도산 안창호 평전』(이태복, 동녘), 『상록수』(심훈, 문학과지성사)를 많은 분께 추천하고 싶습니다. 이 책들을 통해 애국지사들의 삶을 이해하고, 그분들의 고통과 희생을 되새기며 글을 쓸 수 있었습니다.

일제강점기를 다룬 많은 책을 읽으며 새삼 깨닫게 된 것이 있습니다. 바로 '우리들은 서로 연결되어 있다'는 것입니다. 이위종 지사와 최재형 지사가, 안중근 의사와 윤동주 시인이, 윤봉길 의사와 송몽규 지사가 연결되어 있는 것처럼, 수많은 애국지사의 희생과 신념이 오늘을 사는 우리에게 닿아 있습니다. 이 책 또한 우리를 연결하는 작은 다리가 되기를 바랍니다. 그리하여 우리가 함께 애국지사들을 기억하고, 기리고, 그분들의 뜻을 품고 더 나은 내일로 나아가기를 소망합니다.

2025년 봄, 허남훈

두 개의 주소

- 원창리 13호와 하비로 312호

강운고등학교 2학년 1반 허지환

누가 아직 밥을 먹고 있다
반쯤 열린 대문과 빨랫줄의 팬티와 널브러진 신발들은 한
통속이다

숨죽인 나는
결의에 찬 그 아침의 사내처럼
결례 앞에 주저하는 순진한 청년처럼
아니 사실은 밀정처럼
대문가를 서성인다

90여 년이 지나도록 이곳에
표지석 하나 세우지 못한 우리가
배신자가 아니라면 누가

아직 밥을 먹고 있다

시간이 흐를수록

회중시계의 바늘은 날카로워졌을 것이다

뱃속의 소고깃국은 더 뜨거워졌을 것이다

"선생님, 저와 시계를 바꾸시죠. 제게는 이제 한 시간밖에

소용없는 물건입니다"

프랑스 조계 화룡로 원창리 13호

백범 김구의 낡은 시계를 품은 사내가, 두 아이의 아빠가,

스물다섯 살의 청년이,

도시락과 수통을 들고 집을 나선다 그 아침의 소풍을,

그 영원한 찰나를, 그 담대한 선택과 직시를

뒤쫓던 나는 놓치고 만다

그랬을 것이다 그는, 아니 그들은 행적을 지우며 빠르게

걸었을 것이다

상하이에서, 항저우에서, 난징, 하얼빈, 그리고 광저우에서

상하이 하비로 312호

임시정부의 두 번째 청사 터에 들어선 글로벌 패션 브랜드

매장

그 화려한 네온사인 아래를

중절모에 낡은 코트를 입은 사내가 빠르게 걸어간다

그날, 가지고 간 도시락이 아직 남아 있다

누가 아직

밤의 학교

초판 1쇄 발행 · 2025년 3월 21일

지은이   허남훈
펴낸이   김요안
편집   강희진
디자인   김이삭

펴낸곳   북레시피
주소   서울시 마포구 신수로 59-1
전화   02-716-1228
팩스   02-6442-9684
이메일   bookrecipe2015@naver.com | esop98@hanmail.net
홈페이지 bookrecipe.co.kr
등록   2015년 4월 24일(제2015-000141호)
창립   2015년 9월 9일

ISBN 979-11-93551-34-9 43810

종이 · 화인페이퍼 인쇄 · 삼신문화사 후가공 · 금성LSM 제본 · 대흥제책